KB266897

관계의
물리학

관계의 물리학

림 태 주
에 세 이

2018
—
2026

행성B

닿으며 (2026)

1

그때 나는 초록의 소속이었다. 푸르렀고 무성했고 뜨거웠다. 나는 인간관계를 하나의 물리적 질서로 바라보려고 시도했다. 10여 년 전의 일이다. 모호함과 모순으로 둘러싸인 사람의 삶을 이해해보려고 물리학 곁에서 얼쩡댔다. 그때나 지금이나 사람 사이에는 보이지 않는 어떤 힘이 작동하고 있다. 이 책의 출발점은 그 힘의 존재를 '법칙'으로 이해해보려는, 집요하고 발칙한 나의 상상력이었다.

내가 초록이었던 그 시절은 느리고 단순했다. 지금의 세상은 퀀텀 점프의 속도로 변하고 있다. 관계의 형식은 기술에 의해 재배치되고, 접촉의 방식은 알고리즘의 손에 맡겨졌다. 우리는 서로를 더 자주 확인하지만, 더 쉽게 잃어버린다. 더 멀리 도달할 수 있지만, 더 짧게 머문다. 속도가 변했고 형태가 바뀌었고 도구는 달라졌다.

놀라운 것은 이 모든 변화에도 불구하고 '사람 사이의 힘'만큼은 여전히 같은 법칙을 따른다는 사실이다. 사람 사이의 끌림은 여전히 예측할 수 없고, 사람에 대한 이해는 여전히 충분한 사귐이 필요하다. 오해는 여전히 작은 파동 하나에서 시작된다. 인간의 감정은 통신기기처럼 수시로 업그레이드되지 않으며, 인간의 생리는 자율주행 자동차처럼 제어되고 변형되지 않는다. 마음은 지금도 가장 오래된 방식으로 작동한다.

나는 이 괴리의 간극에 안도한다. 세상은 하루 단위로 변하지만, 사람의 내면은 시간이 지나도 크게 바뀌지 않는다. 관계의 형태는 가변하지만, 관계의 원리는 불변한다. 변동하는 세계의 출렁임을 관계의 그물망이 안간힘을 쓰며 견뎌내고 있다. 따라서 이 개정판은 새로운 물리학 개념을 덧붙이거나 시대 상

황을 반영하는 기계적인 교체가 아니다. 나는 오히려 더 오래
된 질문을 다시 던져보려고 했다.

사람은 사람에게 위로받고, 사람에게 절망한다. 비슷한 방식으
로 끌리고, 비슷한 지점에서 상처받는다. 비슷한 순간에 서로
이해하고, 비슷한 이유로 서로 그리워한다. 오래전에 이 책을
읽었던 사람도 오늘 처음 이 페이지를 펼친 사람도 각자의 방
식으로 관계의 법칙을 살아내고 있을 것이다. 세상의 풍경은
시시각각 달라지지만 관계의 질서는 언제나 가장 오래된 언어
로 당신과 나를 움직인다.

2

언제부터 우리는 서로를 우주로 바라보기 시작했을까? 어떤
마음은 빛처럼 다가와 사물의 표면을 밝히고, 어떤 마음은 되
레 그림자를 길게 늘어뜨린다. 가까울수록 중력은 더 단단히
작동하고, 멀어지는 순간의 가벼움은 엔트로피처럼 되돌릴 수
없다. 이 우주의 법칙들을 나는 문학의 언어로 해석해보려고
시도했다. 운명적 만남과 원치 않았던 헤어짐, 말의 상처와 시

간의 용서, 가벼운 우연과 짙은 필연. 수없이 겪어 왔지만, 무어라 설명하지 못했던 관계의 현상들을 물리학의 원리 속에서 이해해보려고 했다. 과학의 설명은 삶을 좀 더 명료하게 보여주고, 문학의 정서는 관계의 내면을 좀 더 다정하게 쓰다듬는다.

이 산문집은 네 개의 큰 뼈대로 구성돼 있다.

1부를 '관계의 날씨'로 정한 이유는 인간관계를 하나의 정서적 기후로 바라보았기 때문이다. 사람의 관계는 날씨처럼 예측하기 어렵고, 순간순간의 기류 변화에 쉽게 영향을 받는다. 이 감정이라는 변수와 관계에 존재하는 패턴 같은 것들을 기상학적 관점으로 사유해 보았다.

2부 '말의 색채'에서는 관계의 언어를 빛으로 은유했다. 말은 빛처럼 퍼져나가고, 그 파장에 따라 전혀 다른 색으로 받아들여진다. 언어는 파장과 스펙트럼을 가진 신호체계여서 같은 내용이라도 말하는 사람의 의도나 듣는 사람의 상태에 따라 서로 다른 주파수로 해석된다.

3부 '행복의 질량'에서는 비물질적인 행복이 삶의 운동을 결정하는 실질적 질량을 갖는다고 상상했다. 우리가 어떤 감정에 더 큰 무게를 싣느냐에 따라 삶의 방향과 속도가 달라진다. 행복을 에너지의 형태로 바라보면 작은 기쁨이 어떻게 운동량이 되어 하루를 끌어올리는지, 반대로 불안이 어떻게 마찰과 저항이 되어 우리를 멈추게 하는지 이해할 수 있다.

4부 '마음의 오지'는 내가 나를 찾아간 여행의 기록이다. 인간관계는 외부로 향하는 힘처럼 보이지만, 실제로는 내부에서 먼저 정립되는 물리학이다. 나라는 세계의 역학을 이해하지 못하면 타인의 세계와 접촉하는 순간에 발생하는 힘의 작용을 온전히 해석하기 어렵다. 누구든 타인의 행성에 착륙하려면 먼저 자기라는 세계를 통과해야 한다.

3

빛이 사물을 드러내듯 관계도 찰나의 반짝임이 전부를 비춘다. 어떤 마음은 파동처럼 번져 서로를 흔들고, 어떤 마음은 침묵 속에서 중력처럼 작동한다. 어느 순간 거리감이 느껴질 때 관계의 끝을 예감하고 상대를 잃었다고 생각하지만, 사실은 서로의 궤도가 달라졌을 뿐 우리는 여전히 각자의 삶을 운행해 나간다.

내가 아는 한 관계는 예측보다 리듬에 가깝고, 계산보다 흔들림에 가깝다. 다만 그 흔들림 속에서 한 가지 법칙만은 분명하다. 진심은 언제나 에너지처럼 남아 형태를 바꾸어 다시 돌아온다는 것. 누군가와 머물렀던 시간은 결국 우주의 시간을 채우는 역사라는 것. 그 안에서 당신과 나는 서로 끌리고 멀어지고 다시 만나는 법을 배워간다. 모든 관계는 사라지는 것이 아니라 다만 다른 형태로 어디에선가 계속된다.

때로 관계로부터 도망치고 싶고, 때로 관계로 인해 미칠 것 같다. 그렇지만 그 외로움과 혼란함은 언제나 관계의 진실로 수렴한다. 당신과 내가 서로의 우주가 되어 머문 자리에는 빛의 무늬가 남는다. 그 잔광은 모습을 바꾸어 가며 오래도록 생의 길목을 비춘다. 당신이라는 빛의 황홀이 드리웠을 때, 내 몸의 입자들이 참지 못하고 홀연히 요동쳤다. 그것은 내 삶에서 몇 안 되는 절정의 얽힘과 겹침이었다. 사랑의 양자역학이었다.

청계리 문장정미소에서

쌀알을 고르듯이 림태주 고쳐쓰다

닿으며 (2018)

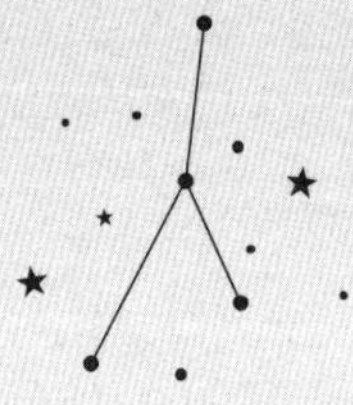

길에 대해 자주 생각했다. 어떻게 해서 그 길이 생겨났을까. 누가 처음에 그 길을 내려고 했을까. 생각할수록 경이롭고 숙연해졌다. 살아있는 것들은 오고 가고 서로 잇고 맺는다. 잎맥은 나무의 길이 되고 혈관은 몸의 길이 된다. 우주는 별빛이 내는 도로공사로 야간에도 환하고 왁자하다.

내가 처음 당신을 만나러 갔을 때 나의 발자국이 눈 위에 찍혔다. 눈이 녹았고 지표면에 고스란히 나의 흔적이 스며들었다. 흔적을 따라 나는 당신에게 자꾸 갔고, 당신과 나 사이에 길이 생겨났다. 당신이 기억해줬으면 좋겠다. 얼마나 간절한 그리움이었으면 저토록 세상에 없던 길이 생겨났겠는가를.

서로의 마음에 난 길이 관계다. 스침과 떨림이 관계로 나아가려면 둘 사이에 아름다운 충돌이 있어야 하고, 영혼이란 아마도 그 충돌을 정의하려고 만든 개념일 것이다. 몸은 내게 돌아와야 하므로 길 저편에 남겨두고 올 또 다른 내가 필요했을 것이다. 그것이 몸을 뺀 나머지 전부를 일컫는 영혼이라는 관념이 생겨난 이유다. 몸이 서로를 잇는 길이라면, 영혼은 서로의 분리를 극복하려는 욕망이다.

나는 길을 내며 걸었고, 그 길 위에서 살았고, 그로부터 인생을 배웠다. 여기 풀어놓은 관계에 관한 글들은 내가 길 위에서 겪은 기쁘고 슬프고 아프고 외로웠던 일들의 기록이다. 온전히 내 것도 아니고, 유별난 삶의 의미를 담고 있지도 않다. 당신이 살면서 알게 된 세상살이의 이치와 크게 다르지 않다. 나는 문장의 그물을 던지는 사람이라서 기억해둘 만한 관계의 은유 몇 낱을 여기 붙잡아두려고 했을 뿐이다.

모든 게 처음이고 서툴렀던 젊은 날, 힘겹고 두렵지 않은 관계가 어디 있으랴. 이 글들은 젊은 날의 나를 위로하기 위해 내가 나에게 내는 길인지도 모르겠다. 당신의 인생에 관계의 힘듦이 찾아왔을 때, 나의 이야기들이 조금은 쓸모가 있으면 좋겠다. 당신에게도 당신을 만나러 가는 길이 있기를.

서로의 마음에 난 길이 관계다

당신에게도 당신을 만나러 가는 길이 있기를

차 례

3부_행복의 질량

관계의 날씨

1부

관계의 날씨

오늘의 관계 날씨에

너무 연연하지 말 것

오늘의 관계 날씨에

너무 연연하지 말 것

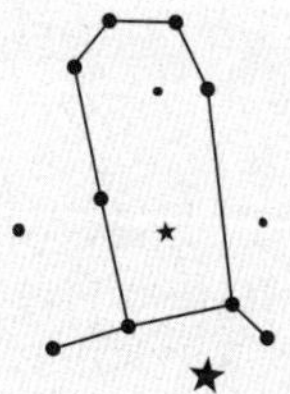

관계는 일종의 기후다. 서로를 향해 감정은 기류처럼 흐른다. 압력과 온도가 있고, 흘러가는 방향이 있고, 때때로 들끓다가 식는다. 관계의 날씨는 서로에게 영향을 미치며 끊임없이 변한다. 완벽히 예측할 수 없지만, 일정한 패턴을 가진 거대한 순환계다.

대기학에서 '불안정'이란 따뜻한 공기가 차가운 공기 위로 솟구치며 형태를 바꿀 때 일어난다. 사랑과 우정도 비슷하다. 서로를 향한 따뜻함이 갑자기 부력을 얻어 위로 치솟을 때, 상대의 존재가 유난히 환하고 가볍게 느껴진다. 이 상승이 지나치면 거대한 소나기구름이 발생해 감정의 폭우를 부른다. 너무 빨리 뜨거워진 관계는 대류가 불안정해진다. 말 한마디가 상층으로 밀려 올라가 오해의 번개를 만들고, 작은 실수가 낙뢰처럼 떨어진다. 감정의 기류는 그처럼 섬세하다.

말보다 침묵의 무게가 더 많은 힘을 가질 때가 있다. 대기의 흐름을 바꾸는 건 온도보다 압력의 영향이 크다. 불안과 서운함과 기대 같은 압력이 쌓이면 관계의 밀도는 변한다. 고기압은 부풀게 하지만, 저기압은 짓누른다. 저기압의 침묵이 깊어지면 감정의 바람은 더 거칠어진다. 감정의 압력을 읽어낼 수 있을 때, 우리는 서툴더라도 관계의 날씨를 예측할 수 있다.

관계에도 계절이 있다. 어떤 사람은 여름처럼 빠르게 다가오지만 쉽게 지친다. 어떤 사람은 겨울처럼 말이 적지만, 한번 녹기 시작하면 깊게 스며든다. 중요한 건 '반복성'이다. 매년 찾아오는 장마나 가뭄처럼 가까워지고 멀어지며, 다투고 화해하는 주기의 반복이 일어난다. 기후는 바꿀 수 없는 순응의 대상이다. 사람은 바뀌지 않는 것이 아니라, 그 사람은 그의 계절을 따라 움직일 뿐이다.

천문학자들은 별의 밝기를 겉보기등급(지구에서 관측되는 밝기)과 절대등급(별의 실제 밝기)으로 구분한다. 어떤 별이 밝아 보인다고 해서 반드시 가까운 것은 아니다. 단지 원래부터 매우 밝은 별일 수도 있기 때문이다. 나는 이것이 관계의 은유로 읽힌다. 멀리 있는 존재일수록 더 강한 빛을 내야 눈에 보인다. 많은 관계에서 우리는 서로에게 너무 가까워서 오히려 보이지 않는 순간이 생긴다. 적당한 거리가 됐을 때, 비로소 선명해지는 진실이 있다. 별 사이의 진공이 우주를 유지하듯, 사람 사이의 여백이 관계를 숨 쉬게 한다. ★

천문학자들은 별의 밝기를 겉보기등급(지구에서 관측되는 밝기)과 절대등급(별의 실제 밝기)으로 구분한다. 어떤 별이 밝아 보인다고 해서 반드시 가까운 것은 아니다. 단지 원래부터 매우 밝은

별자리의
탄생

휴대전화를 켜고 연락처를 열어 이름을 검색한다. 일반 목록에 저장돼 있던 전화번호 하나가 '즐겨찾기'로 옮겨진다. 특별한 의미의 사람으로 신분이 격상되었다는 뜻이다. 한글 자모순으로 멀리 밀려날까 봐 이름 앞에 '나의 누구'라고 붙여서 저장한다. 놀라운 일이다. 이렇게 간단한 손놀림 하나로 관계의 배치가 바뀌는구나. 아주 사소한 관형사 하나로 소속 관계가 달라지는구나.

모든 관계는 한 점에서 시작된다. 누군가를 처음 의식하는 순간, 그 사람은 내 우주의 좌표에 하나의 점으로 찍힌다. 별이 탄생하는 순간이다. 아직 희미하고 아직 아득하고 아직 아무 일도 일어나지 않았지만, 이미 그 별은 하나의 '존재'로 버젓하다. 그 별을 내 마음에 잇고 싶다는 강한 끌림이 생길 때, 비로소 선 하나가 그어진다.

안부를 묻고, 말을 섞고, 시간을 내어주는 일들. 별과 별을 잇는 선은 단순해 보이지만, 그 선분에는 별의 거리감과 속도가 숨어 있다. 어떤 선의 점들은 자연스럽게 가까워지고, 어떤 점들은 끝내 닿지 못한 채 멀어진다. 그렇게 오가고 이어지는 선들이 반복되면 면이 된다. 함께 보낸 시간, 쌓인 기억, 엇갈린 마음들이 겹치면서 두 별 사이에 너비가 생긴다. 이 면적을 관계학에서는 '깊이'라고 한다.

면의 두께가 얇으면 스치듯 지나가고, 두꺼워질수록 서로를 쉽게 놓지 않게 된다. 아주 드물게 점과 선과 면이 한 방향으로 정렬될 때, 관계는 하나의 공간이 된다. 그 공간 안에서는 서로의 말투가 달라도 괜찮고, 말 없는 말도 불편하지 않다. 각자의 속도를 조금씩 조정하며 함께 머물고 함께 살아가는 법을 배운다.

하지만 모든 공간이 오래 유지되지는 않는다. 삶의 무게중심이 달라지면 관계의 중력도 자연스럽게 흔들린다. 각자의 방향이 달라지면 공간은 슬며시 해체된다. 그렇다고 관계가 완전히 사라지는 것은 아니다. 그때의 감정과 기억은 다음 관계의 씨앗으로 갈무리돼 우리 안에 남는다. 별들 사이의 감정은 말로 설명되기 전에 이미 형태를 갖는다. 그것을 우리는 별자리라고 하고, 오래 기억해 두기 위해 별자리마다 어울리는 이름을 붙인다.

사람은 누구와 어떤 별자리를 그리며 살아왔는지로 자신을 알게 된다. 관계란 삶이 우리에게 그려준 하나의 별자리이고, 우리는 우주의 벽면에 잠시 점으로 찍혔다가 선으로 이어지고, 면으로 남았다가 다시 흩어지는 존재들이다. 언젠가 별은 소멸하지만, 별자리는 각자가 지어낸 신화로 남는다. 이것이 내가 아는 가장 아름다운 관계의 기하학이다. ●

느낌의
과학

내가 당신을 만나 우리 사이에 찌릿찌릿한 전기가 흐를 때, 자기장이 생긴다. 우리가 살아가는 세계에는 눈에 보이지 않아도 항상 흐르고 있는 힘이 있다. 마치 바람이 어디선가 불어오면 나뭇잎이 먼저 그 변화를 느끼듯, 우리는 보지 못해도 어떤 힘이 감싸고 스치는 것을 몸과 마음으로 알아차린다. 물리학은 이런 보이지 않는 힘이 머무는 공간을 '장(場, field)'이라고 부른다.

전기장, 자기장, 중력장이라고 부르는 이 물리학적 '장' 개념은 호기심을 끈다. 사람 사이의 관계를 사유할 때, 분명 있지만 무언가 확연하지 않고, 무언가 설명할 수 없는 부분들이 빈 구멍처럼 존재한다. 이런 관계의 허술한 구멍을 메우는 개념이 바로 '장'이다. 이 물리학 개념과 가장 유사한 문학 개념을 꼽으라면, 나는 '느낌'이란 단어를 고르겠다.

어떤 사람 옆에 있으면 이유 없이 편안하고, 어떤 사람 앞에 서면 이상하게 몸이 경직된다. 그 사람은 아무 말도 하지 않았는데 이미 공간 전체가 달라져 있다. 이 보이지 않는 변화는 그 사람이 만들어낸 장 때문이다. 질량이 있는 물체가 주변 공간을 바꿔놓은 결과로 생기는, 끌림과 밀어냄의 구조 같은 것이다. 물체는 서로를 당기는 것뿐만 아니라 자신 주변의 공간과 시간을 휘게 만든다. 이 힘이 자아내는 느낌은 눈빛보다 깊이 흐르고, 말보다 먼저 도착하는 감정의 기운이다.

말은 입에서 나와 귀로 들어가지만, 장은 말이 나오기 훨씬 전부터 벌써 공간에 스며든다. 싫다는 말을 하지 않아도 싫어하는 내색이 먼저 도착하고, 사랑한다는 말을 하지 않아도 온화함이 먼저 번진다. 느낌은 들리지도 보이지도 않지만, 우리는 언제나 그것을 감지한다. 가까이 다가갈지, 뒤로 물러설지, 말을 참을지, 미소를 지을지. 느낌은 언어보다 먼저 행동을 결정한다.

좋은 기분을 느낄 때는 주변 공간이 따뜻해진다. 불안을 느낄 때는 공기가 갑자기 눌린다. 분노를 느낄 때는 밀쳐진 공기가 멀찍이 물러서는 게 보인다. 느낌의 세계는 내면이 바깥으로 확장된 하나의 길이고 색이다. 사실 마음은 가슴 안에만 숨겨져 있는 게 아니다. 마음은 바깥으로 흐르고 확장되어 주변의 공기를 색으로 물들인다. 그래서 가까운 사이가 되면 침묵으로도 볼 수 있게 된다. 흘러나온 마음의 바깥쪽을 약도를 보듯 읽을 수 있기 때문이다.

사랑의 질량은 측정되지 않는다. 그래서 사랑의 크기를 하늘만큼 땅만큼이라고 피상적으로 말한다. 내가 나 자신을 사랑한다고 말할 때도 마찬가지다. 그것은 증명되지 않는다. 다만 우리는 사랑의 형질과 질감을 감각할 수 있다. 내가 만든 자기장에 부유하는 인연의 공기들, 내가 만든 중력장에 휘어지며 흩날리는 사랑의 빗방울들, 내가 만든 전기장에 달라붙는 그리움의 눈송이들. 계절의 기상 현상이라고 부르는 그 매일의 날씨가, 내가 지상에 와서 남기고 가는 관계의 무늬들이다. ◗

관계의
본질

오늘도 별일 없었다. 어제와 다를 바 없었다. 저녁에는 당신을 만나 밥을 먹었다. 당신이 농담을 던졌다. 봄은 월급통장의 잔고보다 빠르게 스쳐 지나간다고. 우리는 지는 벚꽃을 아쉬워하며 봄밤을 걸었다. 그 길은 짧아서 그리움을 늘이며 걸었다.

오늘이 그렇듯이 어제는 그제와 같고, 내일은 또 오늘과 같을 것이다. 관계는 늘 예측 가능한 관계를 원한다. 관계의 본질이 뭐냐고 묻는다면, 나는 '반복성'이라고 말하겠다. 아침마다 태양은 광속으로 출근하고, 매일같이 야근하는 달은 별빛박람회를 연다. 꽃들은 어떤가. 새봄맞이 시즌마다 어김없이 출장 오는 꽃들로 지구는 미어터진다. 지겹게 새로운 반복이다.

우리는 항상 편안하고 자애로울 수는 없다. 좋은 사이란 반복되는 일종의 연습으로 유지된다. 성급한 사람들이 반복의 과정을 생략하고, 편안하고 자애로울 거라고 추정되는 성격을 찾아 나선다. 아니다. 정확하게는 성격 차이가 아니라 연습의 양 차이이다. 반복은 지겨움과 편안함의 속성을 지니고 있다. 지겨움 쪽으로 나아간 반복은 결별을 만난다. 편안함 쪽으로 나아간 반복은 일상이 된다. 어느 쪽으로 나아갈지 선택하는 게 인생이다.

욕망은 새롭고 화려하고 특별한 것에 끌리는 습성이 있고, 관계는 평범하고 오래되고 한결같은 것에 마음을 두는 습성이 있다. 익숙함은 머물거나 떠나거나 상관없이 고단한 일상의 반복을 편안하게 여기는 자의 몫이다. 그것은 마치 앙금 같아서, 들끓는 욕망의 온도가 차분히 가라앉은 자리에 생겨난다.

일상은 새로운 특별함이 아니기에 단조롭고 예사롭다. 그래서 잘하는 게 성실밖에 없다. 성실한 관계가 반복되면 믿음이 생긴다. 믿음은 관계에 안정감을 불어넣고 활력을 불어넣는다. 생동하는 삶은 리듬이 되고, 리듬이 반복되면 음악이 된다. 일상은 단순하고 반복적인 관계의 리듬이다. 생활은 관계의 화음에 따라 출렁이며 율동한다. 그래서 생활자들의 뇌하수체에는 음악 호르몬이 끊임없이 분비된다. 설거지를 하면서도 버스를 기다리면서도 노래를 흥얼거리고 스텝을 밟고 어깨를 들썩인다.

좋은 관계란 반복적인 일상의 리듬을 놓치지 않는 사람들의 차지다. 소소하지만 분명한 것, 평범하지만 소중한 것. 일상의 행복은 생활이라는 적금에 붙는 이자와 같다. 일상을 쌓아 올라가는 생활은 꿋꿋하고 의외로 힘이 세다. 한 겹의 물결은 다음 물결을 밀어서 파도를 만든다. 파랑은 파랑을 일으켜 바다를 밀고 가는 해류가 된다. 해류는 지각을 밀어 올려 나무들이 숲을 이루게 하고, 형형색색의 새들이 헤엄치도록 하늘 호수를 만들어 놓았다.

이윽고 당신과 내가 지는 꽃을 서러워하며 벚나무 꽃길을 걷도록 했다. 어제의 물결이 오늘의 물결을 밀어 당신과 나의 관계가 변함없이 이어지게 했다. 우리 사이를 이토록 그윽하게 만들었다. ❥

관계의
물리학

세상에 생겨난 모든 사이는 관계의 우주다. 우주는 '서로'가 있음으로 성립한다. 서로라는 말은 당신과 내가 고유하고 독립적인 하나의 행성이라는 의미다. 동등과 존중의 거리를 품고 있는 존재들이 서로 사이를 가질 때, 그것을 우주라고 한다. 사이와 서로는 '우리'라는 말처럼, 인류가 발명해낸 아름답고 황홀한 천체물리학 개념어다.

행성과 행성은 서로 밀고 끌어당기는 우주의 물리 법칙을 따른다. 중력은 당신과 나 사이에 작동하는 관계의 질서이고, 사랑의 원리다. 당신과 내가 서로 그리워하는 힘이 우주의 물리력이다. 그러므로 세상에 생겨난 모든 '사이'는 우주가 존재하는 이유를 증명한다. 사이가 사라지면 우주도 사라진다.

지구별에는 수많은 관계가 있고, 그 관계의 힘으로 지구는 자전하고, 태양의 둘레를 공전한다. 낮과 밤, 봄과 겨울은 사이의 물리력이 지어내는 천체의 운동이고 관계의 현상이다. 적당하고 알맞은 사이에서 언제나 일어나는 예사로운 일이다. 가령, 사이에 감정의 물리력이 작용한다고 하자. 좋아하는 사이는 서로 마주 보게 된다. 싫어하는 사이는 서로 바라보지 않는다. 좋아하는 사이는 거리가 적당해서 서로를 볼 수 있지만, 싫어하는 사이는 거리가 없어져서 서로가 보이지 않는다.

이 사이의 비유는 우리에게 사랑에 관한 깨달음을 준다. 사이가 있어야 모든 사랑이 성립한다는 것, 사이를 잃으면 사랑은 사라진다는 것, 사랑은 사이를 두고 감정을 소유하는 것이지 존재를 소유하는 게 아니라는 것. 관계의 우주에서 우리는 알게 된다. 사귄다는 것은 다른 존재를 내 안에 받아들이는 일이고, 친하다는 것은 서로의 다름을 닮아가는 일이며, 사랑한다는 것은 서로의 다름에 스며드는 일이다. 어떤 물리적 관계는 아름답게 도약해서 관계의 화학으로 나아간다.

내가 당신을 처음 만났을 때, 우리 사이에 햇볕과 별빛과 빗방울과 벚꽃이 날렸다. 현란한 탱고 같았다. 음악이 내 몸에 닿자 내 뼈와 혈관과 심장이 녹아내려 당신에게 흘러갔다. 가을 부근에서 뉴턴의 사과가 낙하했고, 세상의 중심을 향해 굴러갔다. 지구에 붉은 그리움 하나가 출현했고, 그 운명을 향해 우주가 비상 출격했다. 당신이 흔들렸다. ）

놓음과
닿음

여행 가방을 꾸릴 때, 우리는 인생의 비유에 직면한다. 항공수하물의 무게 제한은 무엇을 가져가고 무엇을 남겨둘 것인지 여행을 떠나려는 자들에게 선택을 요구한다.

친구들과 밥 먹는 자리에서 사람의 성격이 대화 주제로 올랐다. 여행 가방 꾸리는 스타일을 보면 대체로 그 사람의 성격을 알 수 있다고 한 친구가 말했다. 각자 자기 스타일을 이야기하다 보니, 정말 사람마다 조금씩 가방 싸는 방식이 다르다는 걸 알게 됐다. 어떤 친구는 여행을 떠나기 일주일 전부터 트렁크를 열어놓고 생각날 때마다 필요한 물건들을 하나둘씩 챙겨 넣는다고 했다. 또 어떤 친구는 장보기 하듯이 가져갈 품목을 메모지에 정리해두고 그걸 보면서 챙긴다고 했다.

나는 느긋하게 있다가 떠나기 전날 밤에야 옷가지며 비상약품과 세면도구 등속을 허겁지겁 챙겨 담는다. 그렇게 여행을 다녀오고 나서 짐을 풀 때면, 내가 어떤 사람인지 비로소 알게 된다. 한 번도 사용하지 않은 물건들, 한 번도 입지 않은 옷들이 처음 개켜 넣은 모양 그대로 숨죽이고 있다가 트렁크를 열면 나를 빤히 쳐다본다. 그 순간, 참 민망하다. 나는 욕심이 넘치는 사람이구나 싶어 고개를 떨구게 된다.

여행 가방 꾸리기와 성격의 연관성을 이야기하다가, 물건 정리 습관으로 화제가 옮겨갔다. 버리느냐 못 버리느냐를 가지고도 각자 성격이 갈렸다. 나는 잘 버리지 못하는 성격이다. 그렇다고 불필요한 걸 끌어들여 쌓아두는 건 아니지만, 쓸데없는 물건을 수시로 정리해 내다버리는 성격이 아닌 것은 분명하다. 친구 중에 누군가가 말했다. 자기도 잘 버리지 못하는 성격인데, 왜 못 버리는지 곰곰이 생각해보니 이유가 있더라는 것이었다. 친구가 내놓은 이유를 듣고 다들 수긍하는 표정이었다. 못 버리는 물건들은 대개 추억과 연결된 사연이 있고, 결국 못 버리는 것은 물건이 아니라, 그 물건에 담긴 사연이라는 얘기였다. 그래서 사람이 소유한 물건은 딱 두 종류로 나뉜다. 실생활에 필요해서 사들인 물건과 사용 시효나 용도와 상관없이 사연이 담겨 있는 물건. 친구가 내린 결론은 이랬다. 물건을 정리하려면 결국 추억을 정리해야 한다고. 사연이 있는 물건부터 버릴 수 있어야 필요한 물건만 남게 된다고.

친구들과 헤어져 집으로 돌아오면서, 나는 '버림'과 '놓음'의 차이를 생각했다. 사람에게서 온 어떤 것도 버릴 수는 없다고 생각했다. 나에게 와서 닿았으니 놓아 보내는 것이지, 버리는 건 아니라고 생각했다. 닿음과 놓음 사이에는 말로 다 할 수 없는 사연이 있게 마련이다. 애써 닿았다는 것은 그만한 인연의 작용이 있었다는 뜻이고, 애써 놓는다는 것은 그만한 연유가 생겼다는 뜻이다.

닿음은 서로 간의 틈새가 사라지는 접촉이다. 그렇게 닿아서 접촉면이 넓어질수록 우리는 따듯해지고 안온해진다. 놓음은 서로가 있던 원래의 자리로 돌아가는 분리다. 그렇게 놓아서 여백이 넓어질수록 우리는 홀가분해지고 차분해진다. 그러므

로 닿음과 놓음 사이에는 집착이나 절망이 끼어들 자리가 없
다. 지나간 것을 놓아야 다시 새롭게 닿을 수 있다. 억지로 붙
들 이유도 억지로 밀어낼 이유도 없다.

관계는 고이지 않는다. 관계는 흐른다. 관계는 멈추지 않고 쉼
없이 이동하는 생물이다. 어디에선가 누구는 놓고 어디에선가
누구는 닿는다. 살아있으므로 그리워하고, 살아가야 하므로 잊
는다. 그 둘은 모순이 아니라 삶이 관계를 유지하는 마땅한 방
식이다. ○

오늘의
관계 날씨

오늘의 날씨, 맑음.

어렸을 적 일기쓰기 숙제를 할 때마다 궁금했다. 왜 일기는 늘 날씨로 시작하는 걸까. 혹시 그것은 하늘의 상태가 아니라 내 마음의 상태를 먼저 살피라는 뜻은 아니었을까. 그날의 기분은 선인장에게도, 고양이에게도, 아스파라거스에게도 중요할 테니까. 특히 아이의 기분은 엄마의 하루를 흔들고, 나아가 지구의 평화와 우주의 안녕에도 영향을 미칠 테니까.

어른이 된 뒤, 나는 다이어리에 '오늘의 관계 날씨'를 적는 습관이 생겼다. 대체로 좋음, 가끔 외로움, 몹시 힘듦. 오래전 오늘 날짜의 기록에는 이렇게 적혀 있다. 'J와 흐림. 약간의 거리를 둘 것.' 며칠 뒤에는 J와의 거리 두기에 실패했는지 이런 일기가 이어진다.

'거리를 두고 다가갔으나 체감온도 급강하. 싸늘해져 소주로 열을 끌어올리다 몸살로 앓아누움. 몸살 중에 사람 몸살이 가장 지독함.'

제대로 고백해보지도 못하고 차인 것이 분명했다. 왜 하필 J였을까? 앞 페이지들을 부산히 넘겨보았다. 관계 날씨는 결코 오늘 하루만에 형성되지 않는다. 오늘 날씨는 어제와 그제, 그 이전의 바람과 구름의 결과다. 오늘의 기분도 그렇다. 오늘의 관계 날씨 역시 전후 맥락을 살피지 않으면 맑음인지 흐림인지 알 수 없다. 관계의 기후는 언제나 시간이 축적된 기압계 속에서 움직인다. 오늘은 '맑음'이라서 곧장 '좋음'이라고 덧붙이지만, 그 하루가 긴 가뭄의 연장선에 있다면 맑음이 결코 축복이 아니다. 반대로 '비 내리고 흐림'이라고 적힌 날이 긴 가뭄 끝의 첫 비라면, 그날은 '이보다 좋을 수 없음'이라고 기록될 수도 있다.

관계 날씨도 그렇다. 나의 관계 날씨는 당신의 날씨와 맞물려 움직이고 영향을 받는다. 누적된 시간의 두께, 그 퇴적된 사건들의 인과를 함께 살펴야 비로소 관계의 실체가 드러난다. 문학은 이것을 추억의 힘이라 부르고, 역사는 과거와 현재의 대화라고 하며, 과학은 질량이 쉽게 사라지지 않는 보존의 법칙이라고 한다. 관계가 촘촘해질수록 어떤 반응이 일어나도 믿음의 총량은 좀처럼 줄지 않는다. 바람이 불고 흔들리는 날이 있어도 관계는 함께한 시간의 무게로 버틴다.

아참, 내가 J에게 다가가게 된 단서를 아무리 뒤져봐도 발견하진 못했다. 다만 몸살로 앓아누웠던 날들 뒤편에 이런 기록이 한 줄 남아 있었다.
'J가 내 이마에 손을 얹었음. 손목이 한없이 투명하고 맑았음.'
나는 이제 안다. 오늘의 관계 날씨에 너무 연연하며 살 필요가 없다는 것을. 맑음과 흐림, 비와 바람을 결정하는 것은 하늘이 아니라 내 마음의 기압골이다. 물론 당신의 기류가 변수지만. (

적당한 거리는
얼마쯤일까

봄볕이 완연한 날이었다. 엄마가 텃밭에 채소 모종을 심고 있었다. 어린 나는 호기심을 참지 못하고 엄마에게 물었다.

"엄마, 이 풀들은 다 뭐야?"

"이건 토마토, 이건 고추, 이건 가지란다."

어린 내 눈에는 풀과 채소 모종이 분별되지 않았다. 엄마는 널찍이 간격을 벌려 모종을 심었다.

"왜 이렇게 멀리 심어? 얘네들 심심하겠다."

엄마가 모종을 심다 말고 허리를 젖히고 웃었다.

"가깝다고 마냥 좋은 건 아니란다. 지금은 멀어 보여도 나중에 자라면 거리가 적당해지게 돼. 너무 가까우면 가지가 엉키고, 서로 상처를 입게 돼.”
햇볕과 바람이 드나들 널찍한 거리가 있어야 식물이 건강하고 튼실한 열매를 맺는다는 걸 그때는 알지 못했다.

나는 그날 ‘상처’라는 말을 처음 배웠다. 가까워지려다 다친 자리, 숨 쉴 틈이 없어 시들어버린 마음의 흔적. 살면서 사람에게 상처받을 때마다 엄마가 했던 말을 떠올린다. 좋으면 더 가까이 다가가고 싶어 하고, 잠시라도 멀어질까 봐 꼭 붙든다. 그렇게 가까워지면 가까운 만큼 다치고, 깊어진 만큼 아픔이 온다. 감정의 거리만큼 딱 그만큼 기쁘고 그립고 외롭고 버거운 것이 사람과의 사이다. 가을배추 아주심기는 40센티미터, 토마토 옮겨심기는 50센티미터. 사람 사이마다 적정 거리가 명료하게 정해져 있다면 얼마나 좋을까?

어느 날 나는 천국까지의 거리를 상상해보았다. 구글 지도에도 성경에도 천체도에도 천국의 주소는 없었다. 주소가 없다면 실체가 없다는 뜻이어서 나는 견딜 수 없이 허전해졌다. 그럴 리가 없다고 생각했다. 나는 다시 천국의 위치를 궁리해보았다. 천국을 가장 간절히 원하는 사람은 누구일까. 고통받는 사람일 것이다. 그렇다면 신은 가장 가까운 곳에, 그러나 사람들이 좀처럼 들여다보지 않는 곳에 천국을 숨겨놓지 않았을까. 그곳은 사람의 마음속이다. 그러므로 사람과 천국까지의 거리는 제로다.

당신과 나 사이에 최적의 거리란 존재할 수 없다는 것을 안다. 우리 각자의 마음 안에 천국과 지옥이 있고, 서로에게 무엇을 내보일지는 당신과 나의 선택에 달려 있다. 서로의 마음이 서로를 향해 두려움 없이 달려가면 마음이 닿는 가장 가까운 곳에 천국이 있다는 걸 당신에게 말해주고 싶다. 이리저리 따지고 잴 일이 아니다.

신이 우리에게 서둘러 봄날을 펼쳐 보이는 이유는, 적당한 거리를 재느라 때를 놓치지 말고, 지금 당장 어떤 씨앗이라도 심으라는 뜻이다. ☾

관계의
우주

우주는 팽창한다. 지상의 모든 관계도 팽창한다. 오늘의 우리가 어제의 우리를 밀어내며 확장한다. 하나의 우주가 또 다른 우주가 되기까지, 그 사이에는 어머어마한 중력과 저항, 그리고 긴 기다림의 시간이 있다.

당신과 나의 만남이 우연처럼 가볍고 사소해 보이지만, 실은 지난하고 지극한 운동의 결과다. 당신이 내게 오기까지 견뎌야 했던 저항을 나는 알지 못하고, 내가 당신에게 가기까지 통과해야 했던 두려움의 시간을 당신은 알지 못한다. 각자의 순탄한 궤도를 이탈해 위험을 무릅쓰고 서로에게 접근해 충돌을 감수한 결과로 마침내 '우리'가 되었다. 그러므로 내가 살아온 시간들이 당신을 만나기 위해 부단히 탈주를 감행한, 필연이었다는 말은 결코 과장이 아니다.

관계에는 늘 두 힘이 작용한다. 붙드는 힘과 밀어내는 힘. 붙들려는 욕망이 강해질수록 밀어내는 반작용도 커진다. 인간의 일생은 우주의 시간으로 보면 찰나에 지나지 않는다. 그 짧은 순간에 우리는 빛의 속도로 서로를 간절히 끌어당긴다. 그러니 그 찰나 속에서 우리가 사랑이나 행복 말고 다른 무엇을 살아갈 수 있겠는가.

우주의 법칙에 따르면, 진정한 관계란 끌어당기는 일이 아니라 미는 일에 가깝다. 상대를 소유하는 집착이 아니라 확장하도록 돕는 존중이다. 팽창의 본성을 인정하고 자유로운 거리를 허락하는 일이다. 그러므로 관계가 팽창한다는 말은 멀어진다는 뜻이 아니다. 시간이 흐를수록 관계가 드넓어지고 깊어진다는 뜻이다. 서로의 우주를 품을 수 있을 만큼. ◖

차단 버튼을
누르기 전에

한참을 만지작거렸다. SNS 계정으로 온 메시지 하나를 읽고 휴대폰을 내려놓지 못했다. 낯선 그의 관심은 직설적이었고, 대답하기엔 피곤했고, 그대로 두자니 마음이 불편했다. 대화창을 닫았다가 다시 열고 프로필 화면으로 들어갔다. 차단 버튼은 생각보다 가까운 곳에 있었다. 한 번만 누르면 이 관계는 즉시 정리된다. 설명이 필요 없고, 감정도 소모되지 않는다. 잠시 망설이다가 결국 화면을 끄며 생각했다. 우리는 언제부터 이렇게 쉽게 누군가를 지울 수 있게 되었을까.

온라인 세상이 되면서 절교라는 말이 차단으로 바뀐 지 꽤 됐다. 차단은 매우 효율적인 기능이다. 잡음을 재빨리 없애고, 감정 소모와 시간 낭비를 줄인다. 문제는 이 기능이 관계에 대한 사유 없이 삶의 기본값이 될 때다. 차단은 깊은 판단을 요구하지 않는다. 설명도 필요 없고 책임도 남지 않는다. 관계를 끊는 일이 아니라 아예 관계를 없애버리는 일이기 때문이다. 그렇게 지워진 상대는 반론도 해명도 할 수 없다. 절교가 관계의 파국이라면, 차단은 관계의 말소에 가깝다.

관계는 본래 불편을 내장하고 있다. 나와 다른 생각, 다른 리듬, 다른 결을 견디는 일이 관계에 전제돼 있다. 그런데 우리는 점점 그 불편함을 잘못된 만남으로 오인한다. 마음에 들지 않으면 나쁜 관계이고, 다른 의견을 내세우면 해로운 사람이고, 이해되지 않으면 끊어야 할 인연으로 분류한다. 그렇게 관계는 한없이 얕아지고, 개인은 점점 더 쉽게 고립된다. 관계를 통해 단련되어야 할 감정의 근육이 자기 보호에 급급해 육성될 기회를 잃는다.

타인은 나를 불편하게 만드는 존재이기 이전에, 내가 나에게 갇히지 않도록 도와주는 존재다. 철학자 한나 아렌트는 인간의 삶을 '다름 속에서 함께 존재하는 조건'이라고 말했다. 관계를 너무 쉽게 차단하는 사회에서는 타인의 문제보다 자기 성찰의 기회가 먼저 사라진다. 모든 불편을 외부의 문제로 돌릴 수 있기 때문이다. 그러는 사이 우리는 작은 마찰에도 어긋나고, 허약한 내부는 미세한 균열에도 무너진다.

모든 관계를 지속해야 할 이유는 없다. 존엄을 훼손하는 관계, 폭력과 모욕이 반복되는 관계라면 단호한 절연이 필요하다. 문제는 그 경계가 점점 흐려지고 있다는 데 있다. 나를 흔드는 질문은 공격처럼 느껴지고, 의견의 불일치나 관점의 차이조차 단절의 이유가 된다. 관계가 나를 성장시키는 공간이 아니라, 나를 지지해주는 울타리로만 기능하게 된 것이다. 관계를 정리한다는 말의 이면에는 실은 이런 욕망이 숨어 있다. 나를 좋아해주고, 이해해주고, 믿어주는 사람으로만 내 주변을 채우고 싶다는 욕망. 나를 반대하지 않고, 나를 인정해주는 사람들과만 어울리고 싶다는 바람.

관계는 물건이 아니다. 마음에 들지 않으면 환불하고, 성능이 떨어지면 교체하는 상품이 아니다. 관계는 시간을 먹고 자란다. 때로는 수선과 기다림을 필요로 한다. 온라인에서 길든 즉각적인 연결과 단절의 습관은, 오프라인의 느리고 불완전한 관계를 견뎌내고 포용하지 못하게 방해한다. 이해받는 데 익숙해지면, 이해하려 애쓰지 않게 된다. 인간관계에는 언제나 긴장이 있다. 나와 다른 환경, 다른 언어, 다른 가치관을 가진 사람과 마주하는 일은 본래 쉽지 않다. 그 불편함이 내가 너무 쉽게 옳다고 믿어온 생각의 지반을 흔들고, 미처 자각하지 못했던 나의 심층을 드러낸다.

언제라도 차단할 수 있다는 간편함보다 차단하지 않고도 나를 지킬 수 있는 내구력이 중요하다. 불편함을 내치기 전에 왜 불편한지를 스스로 묻고, 관계를 끊기 전에 관계를 해석할 수 있는 여유. 그것이 우리가 다시 회복해야 할 관계의 원리다. 관계는 나를 보호하기 위해서만 존재하지 않는다. 나를 돌아보게 하고, 삶을 수정하게 하며, 다시 나아가게 만든다. 그 과정을 거쳐야 인간은 성숙해지고, 자기 자신을 넘어설 수 있다.

생각 끝에 나는 그에게 성의껏 답장을 보냈다. 그게 인연이 되어 그는 철마다 자기가 사는 고장에서 나오는 해산물을 바리바리 싸 보낸다. 그가 직설적이었던 건 나처럼 글쓰기에 능하지 않았던 탓이고, 그가 보낸 메시지는 내 글에 대한 애정을 용기로 바꾼 흔치 않은 모험이었다. 관계 속에는 시간이 아니면 알 수 없는 내밀한 진실들이 있다. 지금도 가슴을 쓸어내리게 된다. 나는 한순간에 한 영혼을 나의 우주에서 지워버릴 뻔했다. 그는 단지 투박하고 순수하고 인정 많은 사람이었을 뿐인데. ●

관계의
윤회

험준한 산악과 고원의 땅, 라다크에서 9년에 걸쳐 촬영한 다큐멘터리 영화 〈다시 태어나도 우리〉를 나는 세 번 보았다. 볼 때마다 마음이 숙연해졌다. 전생을 기억하는 아홉 살 소년과 그가 린포체의 환생임을 알고 자신의 삶을 바치는 스승의 우정을 그린 영화다. 그것은 사제의 인연이자, 인간이 인간에게 바치는 가장 깊은 믿음에 관한 기록이었다. 나는 한동안 좋아하는 사람들에게 이 영화를 권하고 다녔다. 눅눅한 생활의 안쪽을 들여다보기에 급급한 우리의 시야를 생의 바깥 저편까지 열어주기 때문이다.

관계에 관한 말 중에 내가 아는 가장 아름다운 말은 '관계의 윤회'다. 신영복 선생의 책에서 이 말을 보았다. 환생이란 육신만 바꾸어 다시 오는 일이 아니라, 살아서 맺은 모든 관계가 함께 건너온다는 뜻이다. 나는 이 말 앞에서 한참을 멈춰 있었다. 천국이나 극락 같은 건 믿지 않지만, 환생은 믿고 싶어졌다. 믿는다고 돈이 드는 것도, 마음이나 시간이 드는 것도 아니니. 믿으면 무엇보다 지금의 삶을 조금 더 조심스럽게 살게 되지 않을까 하는 생각이 들었다. 또 안 믿는 것보다 믿어두는 게 더 이득일 거라는 계산도 있었다.

관계의 윤회는 사후의 일인 것 같지만, 실은 지금 여기에서 이미 펼쳐지고 있다. 나에게 유난히 모질게 구는 사람을 만나면 나는 눈치를 챈다. 전생에 내가 저 사람에게 못되게 굴었나 보다. 오래 묵은 한이 남았을 테지. 그렇게 생각하면 마음이 한결 누그러진다. 반대로 바라는 것 없이 나를 아껴주는 사람을 만나면, 내게 갚아야 할 빚이 있었던 건 아닐까 헤아려보게 된다. 이번 생까지 나를 찾아와 마음을 내어주니 한편으로 고맙고, 한편으로 애잔한 마음이 든다. 그래서 사람을 대할 때, 조금 더 경건해지고 조심하게 된다. 다음 생을 위해 보험 들어두는 심정으로, 사람에게 다가간다.

윤회의 나라, 부탄에 다녀온 친구에게서 들은 이야기다. 그곳에는 유난히 개들이 많았고, 주인 없는 개들도 사람을 피하지 않아서 가이드에게 이유를 물어보았단다.

"부탄에는 '개는 풀을 먹지 않는다'는 속담이 있어요. 그러니 어느 개든 굶기지 않죠. 당신이나 내가 다음 생에 개로 태어날 수도 있어요. 저 개 중에는 내 어머니의 환생이 있을지도 모르고요."

그래서 함부로 대할 수 없다는 말이었다. 부탄에는 또 이런 말이 있다고 한다. "모든 사물에는 영혼이 있다." 무생물이란 없다는 뜻이다. 나는 관계를 생각할 때마다 이 말을 떠올린다. 그러면 어울려 함께 산다는 것이 무엇인지 조금은 알 것 같다. 지금 스쳐가는 얼굴들, 사소한 인연들, 무심코 건너오는 말 한마디까지도 가볍게 지나칠 수 없게 된다.

혹시 다시 태어난다면, 내가 당신을 또 만나게 될까? 만나면 서로를 알아보고, 다시 사랑에 빠질 수 있을까? 지금보다 더 다정하고 더 기쁠 수 있을까? 그 질문 하나로도 오늘의 관계는 예사롭지 않고, 진심 어린 눈빛으로 당신을 바라보게 된다. ❯

소홀과
무례

소홀과 무례, 어딘가에 놓이는 관계가 있다. 호의가 지속될수록 익숙해지고, 익숙함은 곧잘 당연함의 늪으로 미끄러진다. 그 당연함이 관계의 첫 균열이다. 가까워지고 친해지면 자신도 모르게 관계에 방심하게 된다. 소홀과 무례는 언제나 느끼는 쪽의 감정이라서, 내가 알아차렸을 때는 이미 늦다.

세상에는 흥정이 되는 것과 되지 않는 것이 있다. 물건값에는 에누리가 있지만, 단 한 점뿐인 예술품 앞에서는 값을 흥정하지 않는다. 그것은 상품이 아니라 대체 불가능한 가치라는 걸 알기 때문이다. 관계도 그렇다. 당신과 나의 관계는 다른 무엇으로 대체할 수 없고, 흥정할 수도 없는 유일한 가치다. 오래됐다는 이유로, 익숙하다는 이유로 값이 내려가지는 않는다.

그런데도 사람들은 오래된 관계를 중고품처럼 다룬다. 새로움이 사라졌다는 이유로, 이미 충분히 주고받았다는 착각으로 소홀해지고 무례해진다. 스스럼없음과 예의 없음의 경계가 흐려질 때, 관계는 서서히 파국을 맞는다. 친밀함은 관계의 자격증이나 무임승차권이 아니다. 책임을 권한으로 오해하는 사람들이 종종 외로움을 겪는다.

관계는 수제품이다. 손길이 닿고 시간이 스민 만큼 견고해진다. 수공의 가치를 인정하고 존중하는 태도가 관계를 대하는 성숙한 안목이다. 태양이 초록을 요구해서 나무들은 해마다 새잎을 피워 햇볕 사용료를 지불한다. 이웃집 노부부는 50년을 함께 산 대가로 서로에게 아름다운 황혼을 지급했다고 들었다. 내가 아는 관계에는 공짜도 일시불도 없다. 오늘의 관계는 오늘의 성실을 요구한다. 한결같은 성실은 언제든 관계의 문을 드나들 수 있는 증명서다. ❱

사이라는
말

사이는 어디에 있을까. 이문재 시인의 시 〈사막〉에는 시인의 눈에만 보이는 사막의 비밀이 나온다. 사막에는 모래보다 많은 것이 있는데, 그것은 '모래와 모래 사이'라고 누설한다. 사이라는 말은 실체가 없다. 우리는 사막에서 모래를 볼뿐, 모래보다 더 많은 사이를 보지는 못한다. 사이는 모든 곳에 무수히 존재하지만 언제나 생략된다.

"우리는 친구인데요"라는 말에는 '친한 사이'라는 말이 숨어 있고, "저 사람은 낯선데요"라는 말에는 '낯선 사이'라는 말이 접혀 있다. 사이는 보이지 않는 상태로 존재하고, 온갖 감정들이 그 사이에서 생산된다. 우정과 사랑, 외로움과 그리움, 미움과 슬픔 따위가 밤낮없이 쏟아져 나오는 잡화공장이다. 사이는 은유의 행간이어서 시적이고, 내가 당신에게 도달하는 속도와 마음의 기울기여서 물리적이다.

아무래도 나는 태양과 지구 사이에 작동하는 웅장한 힘을 말할 때보다, 모래알과 모래알의 틈새, 그 미세한 공극을 가리키는 사이가 좋다. 살아있는 모든 관계에는 틈새가 있다. 갯벌 안에 가무락조개와 낙지가 살 수 있는 이유는 펄의 틈 사이로 공기가 드나들어 산소를 머금을 수 있기 때문이다. 스웨터가 따뜻한 이유도 털실과 털실 사이의 보풀들이 다닥다닥 온기를 붙들고 있어서다.

모래알 사이에 햇볕이 스미고, 공기가 흐르고, 물기가 고인다. 그 틈 덕분에 모래는 흩어지지 않고 끌어안으며 사막을 이룬다. 모래알 사이의 미세한 틈새에서 맑은 시내가 시작되고, 대추야자 씨앗이 움트고, 사막여우가 굴속에 새끼를 낳아 기른다. 생은 언제나 사이에서 태어난다.

오늘 지구와 달 사이에 일어난 인력과 공전, 지난 월요일과 일요일 사이에 태어난 강아지와 고양이들, 당신과 나 사이에 생겨난 수많은 사건과 감정들. 우리는 무언가의 틈새에, 누군가와의 사이에 존재한다. 신기하게도 그 사이는 너무도 적당해서, 우리가 축복받은 생명체임을 느끼게 한다. 태양과 지구의 거리가 적당해서 감나무에 감꽃이 피고, 토마토가 붉어지고, 빨래가 햇볕 냄새를 빨아들이며 눈부시게 마른다.

내가 당신을 좋아하고 그리워하는 모든 일은, 그러므로 사이가 시키는 일들이다. 나를 밀어내려 할수록 당신은 힘에 부칠 것이다. 사이는 고집이 세서 밀어내는 만큼 끌어당긴다. 나라면 그냥 가만히 둘 텐데, 차라리 바람에 날아가지 말라고 빨래집게로 집어두거나, 아예 강력접착제를 발라둘 텐데. ❯

거리를
준다는 것

당신은 내게 말한다. 약간의 거리를 두자고. 그러면 서로가 더 편해질 거라고. 당신은 약간의 거리 저편으로 물러난다. 그 약간의 정도가 어느 만큼의 거리인지 나는 모른다. 다만 우리 사이에 끼어든 약간의 거리감은, 이제 여간해서는 좁혀지기 힘들겠다. 거리란 그렇게 한 번 생기면 몸보다 마음이 먼저 기억한다.

나는 당신에게 말한다. 거리를 두기보다 거리를 주겠다고. 그 편이 우리를 더 자유롭게 이어주지 않겠느냐고. 관계의 애매

하고 불분명한 경계선 때문에 서로 외로워지고 불편해져서는 안 된다. 당신과 거리를 두는 대신 나는 적당한 거리를 주려고 한다.

거리를 둔다는 것과 거리를 준다는 것은 닮은 말 같지만, 전혀 다르다. 두는 것은 한계를 정해 선을 긋는 일이고, 주는 것은 공간을 열어 자유의 범위를 늘려주는 일이다. 두는 것은 멈춤이고, 주는 것은 허용이다.

요가를 떠올려보면 된다. 초보자는 몸이 굳어 이마가 무릎에 닿지 않는다. 무릎은 이마에 거리를 둔다. 내 몸인데도 내 몸의 일부가 나를 밀어낸다. 숙련자는 다르다. 관절과 관절 사이에 여유를 준다. 억지로 당기지 않고, 늘려서 내준다. 그러면 무릎이 스스로 배와 이마를 끌어안는다. 몸의 부분들이 서로를 밀어내지 않고, 닿고 만지고 부비며 친해진다.

거리를 둔다는 것은 마음을 단속하는 일이다. 더는 다가가지 않겠다는 다짐이고, 더는 상처받지 않겠다는 방어다. 그 선택은 때로 필요하다. 무례하게 대하고 존중하지 않는 사람에게 당연히 그래야 한다. 그에게는 사이가 없고, 숨 쉴 자리가 없기 때문이다. 그는 생명체의 우주가 아니다.

내가 당신에게 거리를 준다는 것은 당신을 진심으로 사랑하게 되었다는 고백이다. 당신의 마음이 움직일 반경을 넓혀주고, 선택의 자유를 간섭하지 않겠다는 의지다. 자유로운 곡률반경을 허용한다는 것은 사랑의 본질을 이해했다는 뜻이다.

거리를 주면 관계의 너비가 넓어진다. 둘레가 확장되고, 생동하는 공간이 생긴다. 나는 당신이 원하는 만큼의 자유를 내주겠다. 당신의 원심력이 커질수록 나의 구심력도 함께 커진다. 작용에는 언제나 반작용이 따른다. 그리움은 믿음의 궤도를 벗어나지 않는다. 그러니 안심해도 좋다. 나는 멀어지지 않는다. ○

당신의
입장

한동안 버스 여행을 부지런히 다닌 적이 있다. 한 달에 한 번, '우리 땅 밟기'라는 유적지 답사 프로그램을 따라다녔다. 옛 절 터나 마을 인근 암벽에 투박하게 새긴 마애석불을 보러 다녔다. 한적해서 좋았다. 자주 보이는 얼굴도 있었지만, 새로 오는 사람들 덕분에 매번 분위기가 달라졌다. 낯익음과 낯섦이 적당히 섞인, 너무 조용하지도 너무 소란하지도 않은 버스 안의 공기가 마음에 들었다.

그런데 인솔자가 조금 특이했다. 그는 이따금 탑승객들에게 자리를 바꿔 앉게 했다. 어느 날 귀찮아서 물었다. 여기도 좌석 때문에 불평하는 사람이 있느냐고. 그가 씩 웃으며 말했다. 그런 사람은 없지만, 앉은 자리에 따라 풍경이 달라지고, 누구와 앉느냐에 따라 여행이 달라질 수도 있다고. 그의 세심한 관점이 좋아 더 자주 따라다녔는지 모르겠다.

학창시절에 교사들은 주기적으로 학생들의 자리를 번갈아 배치했다. 자리는 성적과 관련이 깊다고 믿었던 탓이다. 대체로 교단 가까이에 앉는 아이들의 성적이 좋았다. 뒷자리에 앉으면 정신 상태가 달라진다. 몰래 할 수 있는 공상의 종류가 늘고, 무료를 달래는 장난질의 창의가 늘어난다. 성적은 교정의 동백꽃처럼 뚝뚝 떨어지고, 상상은 우주까지 쭉쭉 뻗어 나가고, 교우 관계는 참기름을 바른 것처럼 고소해진다. 순전히 내 생각이지만, 시인이나 예술가는 대체로 뒷자리에서 배출된다.

입장(立場)이라는 말이 있다. 한자 그대로 풀면 '서 있는 자리'다. 입장 바꿔 생각해보라는 말은, 자리를 바꿔 서 보라는 뜻이다. 그러면 보이지 않던 속마음이 보이고, 들리지 않던 말뜻이 들린다. 상대가 왜 그런 판단을 내렸는지, 왜 그런 자세를 취했는지 이해의 폭이 넓어진다.

사람마다 서 있는 자리가 다르다. 각자의 사정이 다르고, 취향과 성격이 다르고, 견뎌온 시간이 다르다. 우리는 저마다의 자리에서 세상을 보고 선택하고 행동한다. 같은 풍경도 어디에 서 있느냐에 따라 전혀 다른 얼굴을 드러낸다.

우리는 자주 잊는다. 나에게 나의 입장이 있듯이 당신에게도 당신의 입장이 있다는 사실을. 삶은 관계의 총합이고, 관계는 입장들의 교집합이다. 상대가 없는 관계는 성립하지 않고, 모든 상대는 각자의 입장으로 각자의 자리에 존재한다. 한 사람 한 사람이 행성이라면, 저 별빛 하나하나가 입장들이다. 별빛이 반짝이지 않는다면, 어둠 속에 별이 있다는 사실을 우리가 어떻게 알 수 있겠는가.

서로를 존중한다는 말은, 서로의 입장을 인정한다는 말이다. 말장난처럼 들릴지 모르지만, 사람들이 모여 개회식을 하고 결혼식을 할 때 가장 먼저 하는 것은 애국가 제창도 축사도 아니다. "입장!"이다. 입장이 있어야 비로소 모든 행사가 시작된다. 우주여행을 가도 마찬가지다. 다른 행성을 구경하려면, 그곳 외계인들과 관계의 문부터 열어야 한다. 그들이 인간을 어떻게 바라보는지, 그들의 입장이 뭔지 알아야 출입 비자 협의

가 가능할 것이다. 내 입장을 인정받기 위해서라도 타인의 입장을 인정하자. 그게 지구인의 도리다. (

사람을
잃기 좋은 때

오랜만에 친구에게 밥 먹자고 전화한다. 요즘 너무 바쁘니 다음에 하자고 친구가 미안해한다. 한동안 잊고 지내다 문득 생각나 다시 전화한다. 이번엔 친구가 조금 먼 날짜를 잡는다. 약속 전날, 친구에게서 전화가 온다. 미안하다고, 약속을 미뤄야겠다고 말한다. 저인들 얼마나 속상할까. 괜히 친구를 더 미안하게 만들까 봐, 다시 전화하는 걸 참는다.

나도 한때 바쁨과 전쟁을 치렀다. 져서, 바쁨의 노예로 살았다. 여행을 빼앗겼고, 우정을 빼앗겼고, 시를 빼앗겼다. 열심히 헛

되게 살았다. 내게 없는 것을 얻기 위해, 남들을 따라잡으려고 아등바등 살았다. 나중에 피로와 스트레스와 우울이 극에 달했을 때, 링거주사를 맞으며 찬찬히 계산해보았다. 내게 없는 것을 얻기 위해 내가 갖다 바친 건강이며 즐거움들을. 우리는 너무 바쁘고 너무 빠르다. 바쁘게 살다 빠르게 죽기를 바라는 사람은 아무도 없으면서.

어느 날 친구 K에게서 전화가 왔다. 지인이 책을 내려고 하는데, 그를 만나서 출판 관련한 조언을 해주면 좋겠다는 전화였다. 그간의 관계를 생각하면 그의 부탁을 들어주는 게 마땅했다. 그런데 그때 내 상황이 여의치 않았다. 창업 초기여서 눈코 뜰 새 없이 바빴고, 코딱지만 한 회사라 내가 감당하고 처리해야 할 잡일이 많았다. 육체적으로도 힘들었고 마음의 여유도 없었다. 얼핏 이야기를 들어보니 굳이 만나지 않아도 될 것 같았다. 그 사람더러 나한테 전화하라고 말하고는 통화를 종료했다. 며칠이 지나도 K와 그 지인의 전화는 없었다. 아마도 K는 서운했을 것이다. 나를 불친절하고 의리 없는 사람으로 여겼을 것이다.

그 일이 있고 나서 K와 나는 왠지 서먹해졌고, 사이가 벌어졌다. 그간 쌓아온 우정이 그 사소한 일 하나로 금이 갔다. 나는 그때의 나를 K에게 변명하지 않았다. 내가 처한 버거운 시간 의 밀도를 그가 이해하기는 어려울 거라고, 언젠가 때가 되면 내 입장을 헤아려 줄 날이 있을 거라고 편의적으로 해석하고 넘겼다. 나는 나대로 살아가야 했으니까.

사람들과의 관계에서 가장 어려운 일이 상대방의 입장에 서는 일인지도 모른다. 말로는 쉽지만, 직접 그 자리에 서보지 않고 온전히 이해한다는 건 거의 불가능에 가깝다. 나는 나에게 사 로잡혀 있었고, 누군가를 위한 작은 틈새 하나를 마련하지 못 했다. 내 입장을 이해해주길 바라면서 나는 정작 상대방의 입 장을 배려하지 못했다.

하나를 얻기는 어렵고, 전부를 잃기는 쉽다. 관계를 쌓는 데는 오랜 시간이 들지만, 허무는 데는 한순간이면 충분하다. 그런 때가 있다. 사람을 잃기 좋은 때. 마음 하나면 가능했던 일인데 한없이 옹색해져 관계를 그르치는 때. 자신도 하지 못하는 역 지사지를 타인에게 요구하고 있는 때. 아픈 후회의 씨앗을 생 각 없이 심고 있는 때. ☾

만유인력의
법칙

우주에 존재하는 모든 별은 인력을 갖고 있다. 별들은 서로를 끌어당긴다. 달은 지구를 돌고, 지구는 태양을 돈다. 그 힘은 별의 중심으로부터 나온다. 그 중력은 그 별에 있는 모든 것들이 흩어지지 않고 제자리에 머물게 한다. 가벼운 별은 약한 중력을, 무거운 별은 강한 중력을 지닌다. 중력의 크기는 질량에 비례한다.

관계가 물체라면, 관계 또한 고유한 질량을 갖는다. 그 질량은 단번에 생기지 않는다. 함께 쌓아온 시간의 퇴적, 반복된 관계의 무게로 형성된다. 관계의 중력은 마음의 중심부에서 나온다. 그것은 신념이 아니라 믿음의 세기다. 이 믿음의 힘으로 관계는 기울지 않고 서 있다. 서로의 중심에서 멀어질수록 인력은 약해지고, 가까워질수록 끌어당기는 힘은 커진다.

당신은 한 사람을 만난다. 그는 예의 있고 따뜻하며 배려심이 많다. 당신은 그를 다시 만난다. 자주 만나는 동안 감정은 질량을 얻고, 그리움은 무게를 갖춘다. 질량을 지닌 감정은 가까워질수록 더 강하게 작동한다. 두 사람 사이의 인력은 햇볕과 빗방울을 끌어당겨 사과나무에 꽃을 피우고, 꿀벌을 부르고, 붉은 열매를 매달리게 한다. 그러다 무게를 견디지 못한 사과가 출렁, 심장 위로 구른다. 사랑의 핵이다.

그러므로 당신이 누군가를 사랑한 일은, 결코 사소한 일이 아니다. 그 사랑 하나가 지구에 만유인력이 작동하도록 했고, 모든 사물이 제 궤도를 잃지 않게 했다. 서로 밀고 당기며 공존하는 아름다운 질서를 완성했다. 다시 말하자면, 당신이 품었던 그 흔하고 사사로운 감정 하나가 지구와 달과 태양이 서로를 떠나지 않게 붙들어 두었다. 이 우주의 조화에 당신의 온기가 분명히 기여하고 있다. ☾

딸에게

1

어느 날 네가 나에게 물었다. 어떻게 살아야 잘 사는 거냐고, 어떤 삶이 좋은 삶이냐고. 처져 보이는 너의 어깨를 나는 지금도 기억한다. 그 질문은 내 가슴 아래께를 저미듯 파고들었다. 생의 한복판에서 맞닥뜨리게 되는, 피해갈 수도 물러설 수도 없는 실존의 질문. 그 생의 중량이 고스란히 내 몸에 얹혔다.

살아가는 동안, 우리는 수없이 '좋은 삶'의 정의를 듣는다. 성취를 이루는 삶, 소유를 넓히는 삶, 자유를 확보하는 삶. 하지만 이런 정의는 늘 개인적이고 주관적인 영역에 머문다. 사람은 혼자서는 자신이 어떤 존재인지 알 수 없다. 나는 어떤 사람이고, 어디까지 다정할 수 있으며, 어느 순간에 흔들리고, 무엇을 지키려 애쓰는가. 이 모든 것은 누군가와의 관계 속에서 비로소 모습을 드러낸다.

좋은 삶의 표준이란 게 존재할까. 꼭 있어야 할까. 인간관계의 관점에서 본다면, 그 답은 그리 복잡하지 않다. 나 자신도 타인도 존재로서 손상되지 않는 삶, 자유를 더욱 넓히는 관계를 선택하는 삶일 것이다. 사람은 누구나 자기만의 기후를 갖고 산다. 기질, 습관, 상흔, 기억, 리듬 같은 것이 만들어내는 내면의 날씨. 좋은 관계는 그 날씨를 억지로 바꾸려 들지 않는다. 비를 멈추게 하려 들지도 않고, 햇볕을 강요하지도 않는다. 좋은 삶은 타인의 날씨를 있는 그대로 받아들인다. 존중은 생각보다 대단한 미덕이 아니다. 그 사람은 그의 기후를 가지고 산다는 사실을 그저 인정하는 일이다.

흔히 관계를 '맞춰가는 과정'이라고 말하지만, 사실은 자기 소유의 경계를 지켜가는 과정이기도 하다. 누군가의 비위를 맞추기 위해 나의 욕구를 계속 묻어두는 관계는 오래 가지 못한다. 불평불만이 쌓이면 숨구멍이 막힌다. 좋은 삶은 타인을 배려한다는 이유로 과도하게 자신을 희생하지 않는 삶이다. 상대를 지키려다 나를 잃는 관계는 결국 둘 다 무너지고 만다. 좋은 삶은 나의 내면을 함부로 타인에게 맡기지 않는다.

사람 사이에는 묘한 현상이 있다. 어떤 사람을 만나면 내 삶의 반경이 좁아지는데, 어떤 사람을 만나면 이상하게도 더 깊은 숨을 쉬게 된다. 좋은 관계는 서로에게 조금 더 괜찮은 인간이 될 기회를 준다. 상대가 나를 평가하거나 조종하거나 증명하게 만들지 않고, 존재 자체를 가능성으로 바라보게 만든다. 그렇게 좋은 삶은 '서로의 삶을 조금 더 확장하는 관계'를 선택하도록 돕는다.

사람은 다들 냉정하고 철저하지 못한 구석을 가지고 있다. 관계를 잃는 걸 두려워해 불편한 결례를 견디고, 잘못된 행동을 용납하고, 상처를 모른 척하며 덮어버리기도 한다. 하지만 관계의 실패를 두려워하는 순간 삶의 방향도 뒤틀린다. 이 관계는 내 삶을 갉아먹고 있다, 이 관계 안에서는 내가 나로 살아 움직이지 않는다는 느낌이 든다면, 그 즉시 한 점의 미련도 두지 말고 돌아서야 한다. 좋은 삶이란 아닌 것은 아니라고 담대하게 부정할 수 있는 삶이다. 자기 삶을 지키려면 관계를 놓아

버릴 용기도 필요하다. 좋은 삶은 관계에서 후퇴하고 철수하는 잠깐의 실패를 결코 삶의 패배라고 여기지 않는다.

깊이 사랑하고 깊이 사랑받으며 누군가와 함께하는 경험은 시간이 지나도 잔열처럼 남는다. 좋은 삶이란 그 잔열을 가능한 한 따뜻하게 유지하는 삶이다. 타인의 마음에 상처를 남기지 않고, 내 마음에 증오를 새기지 않고, 서로가 서로에게 살아있는 흔적으로 남는 것. 이 흔적이 쌓여 우리는 조금 더 단단해지고, 조금 더 성숙한 인간이 된다.

좋은 삶이란 '좋은 관계'를 남기는 삶이다. 그래서 좋은 삶은 '어떻게 살아야 하는가'라는 막연하고 무거운 질문으로 오지 않는다. 그것은 가장 구체적인 관계의 질문으로 온다.

나는 어떤 사람과 있을 때,
더 많이 웃고 더 많이 떠들고 더 많이 따뜻해지는가?
나는 어떤 사람과 있을 때,
더 자유롭고 더 느끼고 더 살고 싶어지는가?
나는 어떤 사람과 있을 때,
더 풍부하고 더 깊게 나를 살아내고 있는가? ●

무의미의
사랑

밤 열 시 무렵이 되면 어김없이 전화벨이 울린다. 그녀와의 통화는 대개 한 시간 이상을 넘겨야 끝난다. 그 시간은 내게 놀라운 사건에 가까웠다. 용건만 간단히 전달하고, 필요한 말만 정확히 주고받는 사회적 소통에 익숙한 내게 장시간의 통화는 낯설고 버거운 일이었다. 무엇을 말해야 할지, 언제 끊어야 할지, 이 시간이 과연 어떤 의미인지 통화를 이어가면서도 나도 모르게 계산하고 있었다.

통화가 길어질수록 어려움이 늘어났다. 대화 주제는 금세 고

갈되었고, 말이 끊기는 순간 찾아오는 정적은 슬몃슬몃 불안
했다. 침묵이 길어지면 오류가 생긴 것처럼 느껴졌고, 연결이
끊어지지 않았음에도 관계가 멈춘 듯한 착각이 일었다. 나는
필요와 불필요를 가르는 효율의 관점으로 관계를 측정하고 있
었다. 말이 없으면 낭비 같았고, 목적 없는 시간은 공허처럼 느
껴졌다.

그러다 나는 우리의 소통 방식이 본질적으로 다르다는 사실을
감지했다. 그녀는 관계 자체에 머무는 데 익숙했고, 나는 관계
의 효용과 기능을 따지는 쪽에 가까웠다. 그녀에게 통화는 정
보를 교환하는 일이 아니라 시간을 함께 보내는 일이었다. 반
면 나에게 통화는 언제나 무엇을 위한 수단으로 존재하는 일
이었다.

처음 몇 개월간의 통화는 힘들고 불편했다. 말하지 않는 시간
이 길어질수록 나는 뭔가를 보충하려 애썼고, 정적의 틈새를
메우기 위해 의미를 만들어내려고 했다. 그런데 통화가 반복
되면서 조금씩 다른 감각이 생겨났다. 사이의 정적, 소리의 끊
김이 반드시 관계의 약화를 의미하지 않는다는 것, 말이 없어
도 관계가 사라지지 않는다는 사실을 몸으로 알게 되었다.

어느 순간부터 무의미한 대화도 아무렇지 않게 되었다. 특별한 이야기가 없어도, 함께 숨을 고르는 시간이면 충분하다는 것을 알게 되었다. 통화는 점점 목적성을 잃었고, 장기 체류한 여행지의 풍경처럼 익숙하고 편안해졌다. 우리는 무언가를 주고받기 위해서가 아니라, 그저 함께 있기 위해 연결돼 있었다.

이 경험은 관계에 대한 나의 오래된 통념 하나를 무너뜨렸다. 나는 관계의 효용성과 의미성을 중시해왔다. 이를테면 흐리멍덩하지 않은 소통, 미적지근하지 않은 거리감, 고마움을 주고받는 신의. 그러나 그녀와의 긴 통화는 그 모든 기준을 무력하게 만들었다. 우리 사이엔 아무런 정보도 오가지 않았고, 특별한 결론도 없었으며, 시간은 의미 없이 지나갔다. 그런데도 관계는 오히려 더 밀착되고 단단해졌다.

관계의 물리학으로 말하자면, 이것은 에너지의 사용 방식이 바뀐 것이다. 관계는 항상 작용으로 유지되는 것이 아니다. 때로는 아무 힘을 가하지 않은 상태로 같은 시공간에 머물러 있는 것만으로도 중력이 생겨난다. 나는 그동안 운동과 작용만을 관계의 증거로 오인했던 것이다. 긴 통화는 관계의 속도를 늦춘다. 효율을 떨어뜨리고 목적을 흐리게 만든다. 그런데 그

느리고 무료한 에너지 흐름이, 관계를 새로운 경험의 영역으로 옮겨놓았다. 우리가 함께한다면 생을 낭비해도 좋다는 허용, 아무 일도 일어나지 않는 시간을 공유할 수 있다는 신뢰. 이것은 내 관계의 인식을 획기적으로 전환하게 만든, 쓸모없음의 쓸모에 관한 증명 사례다.

그래서 나는 다르게 말할 수 있다. 관계의 성장은 소통의 양이나 대화의 질에 있지 않다. 어떤 관계에서는 말 없는 말을 포용하는 능력, 무의미해 보이는 시간마저도 기꺼이 함께하는 믿음이 관계를 가득하고 생기있게 만든다. 관계는 항상 의미를 생산하지 않아도 된다. 때로는 의미가 사라질 때, 관계는 가장 관계다운 본색을 드러낸다. ◗

첫사랑의
양자역학

첫사랑을 잃었을 때로 기억한다. 밤새 쓴 편지를 호주머니에 넣고 우체국 앞까지 갔다가 되돌아왔다. 내가 바보가 돼 가나 싶었다. 편지봉투를 뜯어서 다시 읽어보니 점점 더 자신이 없어졌다. 몇 번이고 고쳐 쓰기를 반복했다. 보내고 싶은 마음과 보내면 안 될 것 같은 마음이 동시에 나를 괴롭혔다. 그 감정이 정확히 무엇인지, 그녀를 진짜 좋아하는 건지, 내가 외로워서 그러는 건지, 그때는 제대로 알 수 없었다.

양자역학에서는 하나의 입자가 단 하나의 상태로만 존재하지 않는다고 말한다. 관측되기 전까지 그것은 확정된 결론이 아니라 여러 가능성이 겹쳐진 상태다. 이 설명을 처음 들었을 때, 갈팡질팡했던 그때의 마음이 떠올랐다. 사람 사이의 감정도 꼭 그와 같다는 생각이 들었기 때문이다. 우리는 누군가를 향해 늘 분명한 감정만을 품지는 않는다. 끌리면서도 경계하고, 가까워지고 싶으면서도 물러선다. 좋아하는 마음과 두려움이, 기대와 망설임이 겹쳐진 채로 일어난다. 관계의 처음은 언제나 이렇게 정리되지 않은 혼돈의 상태로 시작된다.

양자역학에서 말하는 '관측'은 그저 바라보는 일이 아니다. 대상과 관측자가 만나 서로 영향을 주는 순간을 뜻한다. 관계로 옮겨보면, 서로가 어떤 말로 다가가고 어떤 태도로 반응하는지가 관계의 방향을 만들어낸다. 안개 같던 감정은 대화 속에서 조금씩 윤곽을 갖춘다. 다정한 말 한마디는 가능성을 넓히고, 무심한 반응은 거리감을 만든다. 아직 무어라고 명명되지 못한 감정은 이렇게 관계 속에서 서서히 정리돼 간다.

양자 세계에는 '얽힘'이라는 개념이 있다. 멀리 떨어져 있어도 두 입자가 하나의 상태처럼 설명되는 현상이다. 이것이 감정을 전달한다는 뜻은 아니다. 다만 사랑하는 사람들이 떨어져 있어도 같은 기억 앞에서 흔들리고, 비슷한 순간에 마음이 움직이는 이유를 떠올리게 한다. 함께한 시간 속에서 생성된 감정의 누적은 쉽게 분해되지 않는다.

양자역학이 알려주는 중요한 사실은 세계가 본질적으로 불확실하다는 점이다. 완벽한 예측은 불가능하고, 우리는 늘 가능성 속에서 선택할 뿐이다. 상대를 완전히 알 수 없고, 미래의 감정도 확정할 수 없다. 그래서 사랑은 늘 처음 같다. 익숙해졌다고 생각하는 순간에도 관계는 다시 불안해지고, 다시 흔들린다.

양자역학을 통해 내가 알게 된 진실은 이것이다. 사랑은 완성된 결과가 아니라 매번 새롭게 확인되는 과정이라는 것. 사랑은 언제나 조심스럽게 떨리고, 불안정하게 흔들린다. 그래서 내가 아는 모든 사랑은 첫사랑이다. ❯

관계의
화학

언제부터인지 알 수 없다. 그 사람과 안 좋은 일이 있거나, 특별한 사건이 있었던 것도 아닌데 점점 대화가 줄어들었다. 안부 문자를 보내면 답장은 오지만 길지 않았고, 예전처럼 가벼운 농담이 오가지도 않았다. 만나면 어색하지는 않았지만, 굳이 다시 약속을 잡고 싶을 만큼의 밀도는 느껴지지 않았다. 관계가 나빠졌다고 하기엔 애매했고, 잘 지내고 있다고 하기엔 온기가 식어 있었다.

나는 한동안 그 이유를 '사람의 문제'로 생각했다. 내가 변했나,

그가 달라졌나? 성격이 맞지 않았던 걸까, 마음이 식은 걸까? 하지만 생각해보면 우리는 서로 크게 달라진 것도 없었다. 다만 예전과 같은 조건으로 더는 만나지 않았고, 같은 온도로 대화를 나누지 않았을 뿐이었다. 관계는 그렇게 별다른 기색 없이 반응을 멈췄다.

문득 화학 반응이 그렇다는 생각에 미쳤다. 어떤 물질이든 혼자서는 변하지 않는다. 두 물질이 만나서 조건이 맞고 에너지가 공급될 때 비로소 반응이 일어난다. 인간관계도 다르지 않다. 아무리 좋은 성분을 가진 사람이라도 혼자서는 관계를 만들 수 없다. 관계란 두 존재가 일정한 거리 안으로 들어와 서로에게 반응을 일으키는 사건이다.

모든 화학 반응이 성공하는 것은 아니다. 어떤 물질은 만나자마자 불꽃을 일으키고, 어떤 물질은 끝내 섞이지 않는다. 누구와는 대화를 시작하자마자 열이 발생하고, 누구와는 아무리 오래 함께 있어도 변화가 생기지 않는다. 우리는 흔히 이것을 궁합이나 인연이라고 부르지만, 실은 단순한 화학적 친화력의 문제일지도 모른다. 감정은 무료한 상태를 싫어한다. 화학에서 무료한 상태란 더 이상 반응하지 않는 상태를 뜻한다. 아무런 변화가

없는 관계는 곧 무반응 상태로 접어든다. 관계의 화학은 불안
정한 상태를 조건으로 한다. 약간의 긴장과 견해의 차이, 조금
다른 성향. 이런 것들이 관계를 활성화하는 에너지가 된다. 너
무 안정적인 관계는 늘어지고, 너무 불안정한 관계는 위험하다.

관계에서 가장 흔한 오해는 상대가 나의 결핍을 메워 줄 원료
라고 생각하는 것이다. 화학에서 원료는 소모된다. 좋은 관계
에서는 누구도 소모되지 않는다. 우리는 여전히 자기 자신으
로 남아 있고, 만나는 순간에만 반응한다. 그래서 사생활이 중
요하다. 사생활은 각자 자기 상태를 회복하는 자리다. 반응이
끝나고 나면, 다시 자기 분자로 돌아갈 수 있어야 다음의 반응
도 가능하다.

나는 관계를 하나의 '실험실'로 생각한다. 실험실에서는 완벽
한 결과를 기대하지 않는다. 실패도 데이터가 된다. 폭발 현상
이 있었다면 그 또한 기록으로 남는다. 관계는 오류를 수정해
가는 반응식이다. 다만 한쪽의 일방적인 집착과 속박의 결합
은 서로를 파괴한다. 대등하게 급격하지 않게 적정한 열과 거
리를 유지해야 한다. 이것이 내가 믿는 관계의 화학이다. 관계
의 반응은 축적되지 않지만, 언제든 다시 합성할 수 있다. ❯

2부

말의 색채

말은 고유의 빛깔대로 흡수되지 않는다

받아들이는 사람에 따라 각양각색으로 물든다

말은 고유의 빛깔대로 흡수되지 않는다

받아들이는 사람에 따라 각양각색으로 물든다

여는 글

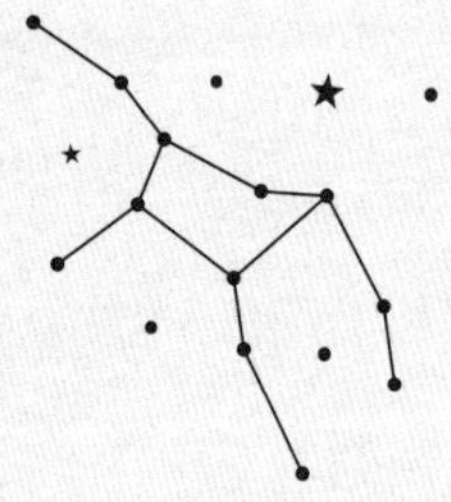

관계에 있어서 말은 최소 단위의 에너지라고 할 수 있다. 힘은 물체의 운동 상태를 바꾼다. 말 또한 관계의 상태를 바꾸는 가장 작은 단위의 작용이다. 말은 질량이 없지만, 관계 안에서는 가속도를 만들어낸다. 어떤 말은 작은 충격량으로도 관계의 표면을 흔든다. 어떤 말은 지속적인 힘으로 거리감을 좁히고 친밀의 속도를 높인다.

물체가 힘을 받으면 반드시 그만큼의 힘을 반대 방향으로 갖는다. 어떤 말은 부드러운 접촉으로 돌아오고, 어떤 말은 충돌로 반사된다. 칭찬은 신뢰의 반작용으로, 비난은 방어의 반작용으로, 침묵은 또 다른 형태의 침묵으로 돌아온다. 대화란 결국 작용과 반작용의 반복을 통해 서로를 조율하는 과정이다. 어떤 관계는 힘의 균형이 맞아 평행으로 나란하고, 어떤 관계는 균형을 잃고 무너진다.

사람들이 착각하는 게 있다. 말로 분명하게 표현했으므로 완벽하게 뜻이 전달됐을 거라는 오해. 언어의 불완전성과 의미의 불확실성에서 비롯되는 관계의 균열과 불화는 생각보다 심각하다. 완벽한 언어가 없으므로 완벽한 전달이란 있을 수 없다. 말이 전해지는 순간, 의미는 상대의 기억과 경험과 감정이라는 심리 상자 안에서 전혀 다른 형태로 재배열된다. 그래서 대화는 항상 해석의 혼란을 품는다. 오해의 여지가 끼어들기 마련이고, 크든 작든 해석의 차이가 발생한다. 그래서 상대의 관점을 인정하지 않으면 이 어긋남을 줄여가는 일이 쉽지 않다.

우리가 던지는 모든 말은 관계의 우주 안에서 속도와 방향을 바꾸는 작용을 한다. 시인의 언어로 비약하자면 지구의 온도가 들끓는 것, 기후가 난폭해지는 것, 세상이 극단으로 나뉘어

사나워지는 것, 윤리 없는 기계가 경쟁적으로 만들어지는 것, 이 모든 파멸적 징후들이 우리가 쏟아내는 혐오와 파괴와 탐욕의 말들에 기인한다. 서로에게 가닿는 언어가 사려 깊고 다정할수록 우주의 구조는 안정되고, 지구도 적정 체온을 회복할 것이다. ★

정할수록 우주의 구조는 안정되고, 지구도 적정 체온을 회복할 것이다.

바다는
파랑을 기억한다

바다를 보러 남해에 갔다. 파도가 밀려올´때마다 유자 냄새가 났다. 바다가 좋아서 오전, 오후 두 번이나 구경했다. 아침 일찍 숙소를 나섰을 때, 바다는 잿빛에 가까웠다. 바람이 세지 않았는데도 물결은 묵직했고, 색은 불투명하게 가라앉아 있었다. 그날 오후 같은 자리에 다시 섰을 때, 바다는 전혀 다른 모습을 하고 있었다. 태양이 높이 떠오르자 바다는 쪽빛으로 번졌고, 해가 기울 무렵에는 금빛과 은빛이 얇게 겹쳤다. 나는 같은 바다에 있었고, 달라진 것은 빛과 시간뿐이었다.

바다는 늘 한 가지 색으로 기억된다. 우리는 바다를 떠올릴 때, 거의 자동으로 '파랑'을 떠올린다. 그러나 바다는 단 한 번도 스스로를 파랗다고 인정한 적이 없다. 아침에는 잿빛이고 한낮에는 쪽빛이었다가 해가 기울면 금빛과 은빛이 겹겹이 스민다. 바다는 늘 다른 표정을 짓고 있지만, 우리는 단 하나의 얼굴로 바다를 규정해버린다.

사실 바다는 아무 색도 갖고 있지 않다. 바다의 색은 빛이 남기고 간 흔적이다. 물은 모든 빛을 그대로 통과시키지 않는다. 붉은 파장은 먼저 흡수되고, 초록은 그다음에 사라지며, 파란 파장만이 바다 깊이까지 도달한다. 우리가 보는 파란 바다는 바다가 선택한 색이 아니라, 끝까지 도달한 빛이 남긴 흔적에 불과하다. 그래서 정확하게 말하면, 바다는 파란 바다가 아니라 '파랑을 기억하는 바다'라고 해야 맞다.

우리는 흔히 저 사람은 원래 그런 성격이라거나, 본래 저런 색깔을 가진 사람이라고 말하지만, 실은 누구도 고정된 색을 지니고 태어나지 않는다. 어떤 환경 속에 있는지, 어떤 관계 속에 있는지에 따라 사람은 전혀 다른 색을 드러내기도 한다. 햇빛도 마찬가지다. 햇빛은 하나의 색이 아니라 파장의 다발이다.

짧은 파장은 쉽게 흩어지고, 긴 파장은 조용히 가라앉는다. 하늘이 파란 것도, 바다가 파란 것도 그 물리적 이유는 같다. 사람도 파장의 다발이다. 누군가의 곁에서는 차가운 사람이 되고, 또 다른 곁에서는 놀랍도록 따뜻한 사람이 된다. 그것은 변덕이 아니라 작용이고 적응이다. 사람은 자신에게 가장 오래 도달한 마음의 파장에 물든다.

오늘의 바다가 어떤 색이든 상관없다. 바람이 바뀌고, 해의 각도가 달라지면 색도 달라진다. 중요한 것은 바다가 끝내 어떤 색을 기억하느냐다. 우리는 관계와 조건 속에서 끊임없이 변색하지만, 결국 가장 오래 남는 파장이 우리를 설명한다. 그래서 나는 이렇게 말하고 싶다. 사람에게 고유한 색이 있다면, 그것은 타고난 것이 아니라 누군가로부터 오래 물든 색 때문이라고. 그러니 색을 바꾸고 싶다면 그 색 곁으로 가고, 그 색을 발산하는 마음 곁으로 가면 된다. ○

모든 말에
영혼을 담을 수는 없다

얼마 전 병원에 갔다가 접수창구에서 간단한 질문을 한 적이 있다. 나는 필요한 말만 정리해 짧게 물었고, 젊은 직원도 필요한 답만 간명하게 했다. 접수를 마치고 돌아서는데 뭔가 아쉬웠다. 나는 그에게 수고한다는 정감 어린 말 한마디 건네지 않았고, 그도 시종일관 무덤덤하게 대했다. 서로 친근하게 대할 이유도, 과하게 친절할 이유도 없는 짧은 문답이었다. 그런데도 마음 한구석에 찜찜함이 남았다.

이 시대 사람들은 절제 있는 감정 사용에 능숙해 보인다. 감정을 사용할 때와 사용하지 말아야 할 때의 구별이 명쾌하다. 아무 때나 아무에게나 감정을 내보이거나 흘려보내지 않는다. 편의점에 가면 점원이 눈도 마주치지 않고 계산해주는 일이 이제는 자연스러울 정도다. 그런 응대 방식에 적응하지 못해 시비를 거는 손님도 간혹 목격된다. 마음속에 일말의 불편함이 남아 있다는 것은, 정감을 주고받는 오랜 관계의 습성에서 내가 완전히 벗어나지 못했다는 방증이다.

일시적인 사회관계가 있다. 물건을 사고 길을 묻고 서비스를 주고받는 관계들이다. 이런 관계에서 중요한 것은 감정의 교류가 아니라 소통의 정확성이다. 말은 오해 없이 전달되면 충분하고, 행동은 효율적이면 된다. 여기서는 친밀함이 아니라 명료함이 요구된다. 그런데 이런 일시적 관계의 형태를 수용하지 못해서 종종 공동체의 리듬이 흐트러지는 일이 발생한다.

이들은 일회적인 관계에서도 상냥함이나 배려 같은 정서적 온기를 기대한다. 표정이 관리되기를 바라고, 말투가 부드럽기를 바란다. 이들은 조금이라도 거리를 두면 쉽게 무례로 받아들인다. 이들이 주류인 사회일수록 누군가는 필요 이상의 감정을 사용하게 되고, 짧은 소통을 위해 항상 마음을 예열한 채 대기해야 한다. 의미 없는 관계들이 사람의 영혼을 소진한다.

그뿐인가. 이들을 위한 사회는 과잉 노동을 정상 노동으로 둔갑시켰다. 로켓배송과 새벽배송이라는 말에는 속도와 편리함이 담겨 있지만, 그 이면에는 밤의 휴식이 제거된 육신들이 있다. 이 노동은 육체에만 머물지 않는다. 웃음을 유지하고 불쾌를 삼키며 감정을 견디는 정신노동까지 병행된다. 육체 과로 사회이자 감정 피로 사회를 동시에 겪고 있는 형국이다.

관계의 과잉 역시 같은 맥락에 있다. 모든 만남에 진심을 쏟으라는 요구, 모든 관계에 선량함을 보이라는 압박은 사람을 지치게 만든다. 관계가 많아서가 아니라 관계마다 그에 맞는 감정 연출을 하느라 피로하고 힘겹다. 어쩌면 지금 우리에게 필요한 것은 관계에 대한 합의일지도 모른다. 모든 관계를 동일 선상에 놓고 판단하지 않겠다는 합의, 개별 관계 형태를 인성과 도덕성의 문제로 치환하지 않겠다는 합의.

나는 무표정하고 차가운 사회를 옹호하려는 것이 아니다. 다만 모든 관계가 같은 온도를 가질 필요는 없다고 말하고 싶은 것이다. 감정을 아끼는 일이 곧 무심함은 아니다. 그것은 나와 타인의 존엄을 동시에 지키는 일종의 진화한 생태계다. 지속적인 관계에는 시간과 감정이 필요하고, 일시적인 관계에는 정확성과 절제가 필요하다. 이 구분이 지켜질 때 우리는 덜 소진되고, 더 오래 인간으로 남을 수 있다.

모든 사람, 모든 일, 모든 말에 영혼을 담을 수는 없다. 사람의 영혼은 그리 값싸고 하찮은 물건이 아니다. 모든 관계를 다정하게 만들려는 사회는 비인간적이고 불온하다. 물건을 파는 사람이 단지 물건만 팔아도 되는 세상, 배달하는 사람이 자신의 영혼까지 놓고 가지 않아도 되는 세상, 내향성과 외향성이 어울려 사는 것처럼 관심과 무심함도 나란히 공존하는 세상을 나는 꿈꾼다. (

관계를
만드는 말들

나는 오디션 프로그램을 즐겨본다. 정확히 말하면 노래보다 말을 본다고 하는 편이 맞겠다. 자기만의 스타일로 재해석한 노래를 듣는 재미도 쏠쏠하지만, 심사위원들의 심사평을 유심히 관찰해보면 관계에 관한 뜻밖의 통찰을 얻게 된다. 같은 무대를 보고도 전혀 다른 시선과 관점이 그들의 말 속에 있다. 평가 이전에 관계를 만드는 방식이 숨어 있다.

"이 장르와는 어울리지 않는 목소리예요."
이런 심사평은 한 사람을 한 지점에 고정한다. 언뜻 명확하게 들리는 말이지만, 듣는 순간 판단이 끝난다. 틀리지는 않은데, 그 사람의 시간까지 함께 닫아버린다. 돌아볼 여지를 남기지 않는 냉정한 말이다.

"자신감이 많이 떨어져 있네요."

이런 심사평은 상대를 이해하려는 말처럼 들린다. 하지만 이 말은 상대의 마음을 대신 읽고 대신 말한다. 타인의 감정을 해석해 주는 순간, 그 사람의 감정은 더 이상 그의 것이 아니다. 친절한 듯 보이지만, 상대의 내면을 점유해버리는 말이다.

"지금의 모습보다 다음이 더 궁금해요."

지금의 상태를 인정하면서도, 그 상태에 이름을 붙이지 않는 말도 있다. 이 말은 평가를 유예한다. 이런 말 앞에서는 누구도 움츠러들지 않는다. 무엇으로 고정되거나 무엇이라고 설명되지 않았기 때문이다.

프로듀서 코드 쿤스트는 한 걸음 물러나서 말한다. 그는 좋다거나 아쉽다는 단정 대신 말의 속도를 늦춘다. 문장 끝을 열어두고 판단을 미루며 가능성을 한 방향으로 밀지 않는다. 그의 심사평에는 푸른 그늘이 있다. 말과 말 사이에 여백이 있고, 그 여백은 상대가 스스로 들어와 서도록 허락한다. 그의 말은 누군가를 이끌기보다 와서 머물 수 있는 자리를 내준다.

가수 이해리의 말은 무대의 높이와 정확히 같은 높이에 위치한다. 어디까지 가능하고, 무엇이 아직 부족한지 그 경계를 알려준다. 감정을 과하게 어루만지지 않고, 그렇다고 냉정하게 밀어내지도 않는다. 그의 말에는 오래 경험한 사람만이 갖는 현실의 기준이 담겨 있다. '괜찮다'는 말 대신 '여기까지는 당신 몫'이라고 책임의 테두리를 슬며시 알려준다.

작사가 김이나의 말은 결이 또 다르다. 그는 음정이나 리듬을 말하면서도, 그 노래의 감정이 어디서 비롯되었는지를 함께 짚는다. 왜 그 부분에서 그렇게 불렀는지를 궁금해하는 질문은 가창의 기술 이전에, 가창자의 내면을 건드리고 어루만진다. 그의 기품 있는 말에는 언어에 대한 믿음이 내재해 있다. 말을 잘 고르면, 사람을 다치게 하지 않고도 깊이 들어갈 수 있다는 사려 깊은 자신감이 배어 있다.

이 세 개의 시선은 다른 듯 같다. 그들은 상대를 '결과물'로 대하지 않는다. 지금 이 무대의 완성도보다, 이 사람이 어떤 방향으로 나아갈지를 본다. 그래서 그들의 심사평은 평가로 끝나지 않고, 관계로 이어진다. 이 시선은 일상의 관계로 향한다. 우리는 누군가의 말과 감정을 앞에 두고, 자신도 모르게 심사위원이 된다. 조언이라는 이름으로, 위로라는 이름으로, 솔직함이라는 이름으로. 그때 확인된다. 나는 혹시 이 사람을 점유하고 있는 것은 아닌가, 이 사람을 설명하고 있는 것은 아닌가, 이 사람을 고정하고 있는 것은 아닌가.

말은 단순히 정보만 전달하지 않는다. 말은 사람을 배치한다. 어디까지 온 사람인지, 여기서 멈출 사람인지, 아직 갈 수 있는 사람인지. 어떤 심사의 언어는 사람을 끝내고, 어떤 심사의 언어는 사람을 남긴다. 우리는 각자의 관점으로 세상을 바라보는 심사위원이다. 무대 위의 시간은 금세 지나가지만, 사람을 남기는 말들은 오래 가슴에 새겨진다. 물론 어떤 누구도 타인의 노력이나 인생을 심사할 수는 없다. 그런데도 우리가 무언가를 심사해야 한다면, 그것은 타인을 향한 자신의 '말하기 방식'일 수밖에 없다. ◖

사막을
건너는 법

사람은 이로움을 추구하는 존재다. 이 본성은 관계의 본성이기도 하다. 관계는 본질적으로 주고받음이라는 거래의 속성을 가진다. 감정이든 물질이든 오가는 실익이 있을 때, 관계는 유지되고 단단해진다. 이유 없는 호의가 일방적으로 지속되는 경우는 드물다. 아무런 대가를 바라지 않는 순수한 희생이란 현실에서는 발견하기 어렵다. 선의마저도 따지고 보면 자기만족이라는 보상의 한 방편이다.

더러는 초월적이고 신성한 관계가 없지는 않다. 그러나 인간이 살아가며 맺는 대부분의 관계는 지극히 인간적이고 세속적이다. 정신적으로 고결해 보이는 관계조차 그 바닥에는 현실적인 욕망을 깔고 있다. 모든 관계는 관념이 아니라 어김없는 실상의 반영이다. 그래서 현실의 거래에서는 추상보다 구체가 관계의 신뢰를 쌓는다.

우리는 마음을 주고받는다. 마음이 실물이 아니라서 세상은 그것을 화폐로 환산한다. 그 화폐가 언어다. 마음 나눌 일이 없을 때 하등 쓸모없는 게 말이지만, 마음이 오갈 때 말은 가치를 얻는다. 말의 쓸모에 따라 마음의 환율도 달라진다. 나는 한때 한 사람의 마음을 얻기 위해 값비싼 말들을 들고 갔지만, 번번이 거절당했다. 이유를 알지 못한 채 말은 점점 과장되고 화려해졌다. 시간이 지나서야 알았다. 가장 값비싼 화폐는 미사여구가 아니라, 존중과 책임과 정직 같은 것들에 연동된 환율이라는 것을. 사랑과 교환되는 화폐는 언변이 아니라 사랑을 대하는 태도라는 사실을 그때는 미처 몰랐다.

사막을 횡단하는 한 오지 레이서의 이야기가 생각난다. 사막에서는 물을 갖고 있는데도 탈수증으로 사망하는 사람이 생긴다고 한다. 몸에서 수분이 빠져나가는데도 갈증을 느끼지 못해서 일어나는 어처구니없는 사고라고 했다. 그래서 사막에서 살아남으려면 목이 마르지 않더라도 시간을 정해 수시로 물을 마셔야 한다고 했다. 갈증을 생존의 기준이나 신호로 삼으면 안 된다는 뜻이었다.

우리가 사는 세상도 이와 다르지 않다. 삶에서 행복이 빠져나가고 사랑이 말라가는데도 우리는 여전히 바쁘고, 여전히 덜 중요한 것들에 정신을 쏟느라 시듦을 방치한다. 우리는 사막을 구경하는 관광객이 아니라, 사막을 건너야 하는 탐험가들이다. 관광에는 챙 넓은 모자와 카메라면 충분하지만, 생존에는 타인과의 협력과 자신에 대한 책임이 필요하다.

가령 내가 낙타를 가지고 있다면, 당신은 물주머니를 가지고 있으면 좋겠다. 내가 낙타를 몰아 모래폭풍을 헤쳐나갈 때, 당신은 간간이 물주머니를 내게 건네주면 좋겠다. 그리고 우리가 왜 이 사막을 건너가고 있는지 잊지 않도록 말해주면 좋겠다. 단지 살아남기 위해서가 아니라, 서로 사랑하며 살아가기 위해 이 여정에 있다는 사실을. 너무 늦지 않게 내가 알기를 바랄 뿐이다. 이 사랑의 여정이 내 영혼의 오아시스를 사고도 남을 만큼 값진 화폐라는 사실을. ◖

관계의
문장 연습

세계는 동사가 사라지면 멈춘다. 매일 같이 새로운 명사들이 태어나 동사를 내몰고 있다. 꽃은 피지 않고 플라스틱으로 제작되며, 아이스크림은 녹지 않고 원형으로 보존된다. 아이는 놀지 않고 게임에 중독되며, 자동차는 달리지 않고 자율 주행한다.

모든 동사는 관계성을 품고 있다. 자동사는 주어의 몸짓이고, 타동사는 목적어를 향한 열망이다.
"나는 당신을 사랑한다."

이 문장의 '사랑한다'는 나의 몸이 먼저 움직이는 일이고, 당신은 그 움직임을 이끄는 방향이다. 사랑은 상태가 아니라 도달하려는 동작이다.

피동사는 타인의 의지에 삶을 맡기는 불안이고, 사동사는 애써 타인을 움직여보려는 안간힘이다.
"나는 꿈속에서도 그 사람에게 쫓기고, 나는 꿈속에서도 그 사람을 웃긴다."
쫓기는 삶이나 웃기려 애쓰는 삶이나, 둘 다 주어가 자기 의지를 잃은 삶이다. 강요당하는 것도, 비위를 맞추는 것도 문법적으로 다를지 몰라도 정서적으로는 같은 농도의 슬픔이다.

주격조사는 주어의 자격을 말하고, 보조사는 체언의 의미를 덧댄다.
"내가 사람으로 당신에게 가고, 당신은 사랑으로 내게 온다."
나는 사람의 자격으로 당신에게 가지만, 당신은 어떤 자격도 아닌 상태로 내게 온다. 사람이 아니라 사랑으로 온다는 말은, 설명 이전의 존재로 도착한다는 뜻이다.

"꽃이 저만치 피고, 꽃은 기어이 핀다."

꽃이 핀다는 건 사실의 세계이고, 꽃은 핀다는 건 인식의 세계다. 봄이 오는 것은 자연의 일이지만, 봄은 오고야 만다고 여기는 것은 나의 믿음이다. 당신을 만나기 전에는 봄이 와도 그저 지나가는 계절이었지만, 당신을 마음에 들인 뒤로는 봄은 약속처럼 와서 나를 흔들어 놓는다. 계절이 변한 것이 아니라 문장의 주어가 바뀐 탓이다.

당신과의 관계를 통해 내 안의 언어들은 재배열된다. 수동에서 자동으로, 타동에서 능동으로 옮겨간다. 그러므로 이 세상에 쓰인 모든 관계의 문장들은 대상을 향한 끝없는 열망의 기록이며, 대상과 벌이는 치열한 연애의 결과다. 동사는 주어를 만날 때까지 끝끝내 기다린다. 사랑은 동사의 의지다. ●

관계의
황금률

사람은 자기 자신의 말을 닮아간다. 간결하게 핵심만 추려서 말하는 사람에게서는 느긋함이 느껴진다. 말이 짧아서가 아니라, 말 뒤에 숨은 여백의 넉넉함이 자신감을 북돋는다. 확실히 언어는 존재의 집이다. 우리는 그 집의 구조를 고치지 않은 채, 삶만 바꾸려 든다.

말과 삶의 관계를 설명하기에 적절한 비유는 연애가 아닐까 싶다. 비밀이 적을수록 좋고, 추상적인 개념보다 구체적인 사례가 좋다. 긴장감 없이 늘어지는 관계는 금세 권태를 부르고,

변명이 많아질수록 마음은 멀어진다. 과하게 꾸민 말은 오히려 신뢰를 깎는다. 결국 중요한 건 하나다. 상대에게 솔직하기 전에 먼저 자신에게 정직해지는 것.

오래전부터 지혜의 스승들은 알고 있었다. 세상사의 모든 시작과 끝이 말이라는 걸 간파하셨다. 그래서 스승들은 인생과 언어의 관계를 화두 삼아 용맹정진에 임하셨고, 심오한 깨달음에 이른다. 그 사유의 문장들은 어렵지 않아서 살아남았고, 단순해서 후세까지 전해졌다.

예수가 통찰한 말을, 성경에서는 황금률이라 부르고 이렇게 적어두고 있다.
"남에게 대접받고자 하는 대로 너희도 남을 대접하라."
부처는 이렇게 당부했다.
"남에게 줄 때는 대가를 바라지 말고, 받을 때는 그 마음을 잊지 말라."
공자의 말은 논어에 이렇게 기록되었다.
"자기가 원하지 않는 것을 남에게 시키지 말라."

표현은 달라도 스승들이 내린 결론은 대동소이하다. '내가 바라듯이 남에게'를 관계의 기본으로 삼으라는 가르침이다. 내가 존중받고 싶다면 상대를 먼저 존중하고, 내가 상처받기 싫다면 남에게도 상처를 주지 말라는 자명한 이치를 설파하고 있다. 너무 당연해서 종종 잊는, 그래서 더 명심해야 할 금언이다.

옛사람들은 말과 행동이 수평을 이루는 삶을 이상으로 삼았다. 언행일치라는 말은 지고하고 무겁다. 나는 그 말의 무게를 감당하지 못해 오래전에 완전무결한 삶을 포기했다. 다만 내가 쓴 문장의 맞은편에 섰을 때, 그 문장과 내가 수평을 이루기를 바랄 뿐이다. 나의 문장이 나를 밀쳐내지 않기를 바랄 뿐이다.

말이란 지우개가 달린 연필 같다. 어떤 사람들은 자신이 한 약속의 말을, 자신의 다른 말로 지워버린다. 우리가 어떤 사람을 두고 '괜찮은 사람'이라고 말할 때의 '괜찮음'이란 품성 전반을 아우르기도 하지만, 대개는 믿어도 되는 사람, 즉 '믿음직함'을 뜻한다. 말한 대로 행동하고, 자기 말에 책임을 지는 사람. 그런 사람은 거짓 없이 한결같아서 믿음직하지 않을 리가 없다.

양팔저울에 올려본다. 한쪽에는 예전에 내가 썼던 문장을, 다른 쪽에는 지금 쓰고 있는 문장을. 기우는 저울을 보며 마음을 다잡는다. 연필이 아니라 잉크 같은 사람이 되자. 쉽게 지워지지 않는 삶의 문장으로 천천히 나의 이야기를 써가는 사람이 되자. 힘주어 눌러 쓰게 된다. ☽

말하지
않은 죄

아이는 크리스마스가 다가오면 열심히 기도했다. 기도의 내용
은 뻔했다. 산타 할아버지에게 무슨무슨 선물을 받게 해달라
는 청탁. 아이가 교회에서 돌아오면 나는 슬쩍 물었다.

"하느님께 뭐라고 빌었어?"

이 질문은 나에게 꽤 중요했다. 아이가 원하는 선물을 알아야
산타 역할을 제대로 해낼 수 있기 때문이다. 아이가 원하지 않
는 선물을 머리맡에 갖다 놓으면, 두고두고 아이의 원성을 사
게 될 것이 뻔했다. 그런데 아이는 얄밉게도 쉽게 입을 열지 않
았다.

"아빠한테 말하면 산타 할아버지가 소원을 안 들어주실지도 몰라. 하느님과 나만의 비밀이야."

기가 막혔지만 어쩔 수 없었다. 나는 고심 끝에 꾀를 하나 냈다.

"아빠가 산타 할아버지한테 원하는 선물을 받는 방법을 알려 줄까?"

아이의 눈빛이 초롱초롱해졌다.

"사람들이 기도할 때 눈을 감고 조용히 마음속으로 기도를 하잖아. 그러면 어떻게 되겠어? 하느님이 누구 기도인지 알아듣기 힘들겠지. 꼭 들어달라는 소원이 있을 때는 하느님이 바로 알아듣게 입 밖으로 소리를 내야 해. 목사님들이 괜히 큰 소리로 기도하겠어? 언제 기도가 끝나나 기다리니까 마지막엔 아멘! 하고 끝났다고 알려주는 거고. 너도 오늘 밤엔 크리스마스트리 앞에서 소리 내 기도해 봐. 아빠가 알려준 대로 꼭."

그날 밤, 나는 내가 원하는 음성을 또렷하게 들을 수 있었다.

철학자 헤겔이 우리에게 중요한 말을 남겼다.

"마음의 문을 여는 손잡이는 안쪽에만 달려 있다."

마음의 주인이 문을 열어주지 않으면, 그 누구도 남의 마음에 들어갈 수 없다. 사람들은 이상하게도 관계가 친밀해질수록 자신이 원하는 걸 함구하는 경향이 있다. 우리 사이 정도면 알아서 하겠지, 말하지 않아도 해주겠지하고 넘긴다. 말하지 않아도 알아주는 게 우정이고 사랑이라고 착각한다. 그러다 사이가 어긋나면, 독심술을 발휘하지 못한 상대를 탓한다. 성의가 없어서 그렇다고, 진심이 없어서 그렇다고 불화의 책임을 떠넘긴다.

소원이 이루어지지 않는 이유는 간단하다. 보고 들을 수 있게 드러내지 않았기 때문이다. 이 단순한 사실을 어른이 되어서도 모르는 사람들이 너무 많다. 역사상 고백하지 않고 이루어진 사랑은 어떤 문헌에도 나오지 않는다. 표현되지 않은 마음은 무효다. 하다못해 문자가 없는 시대에도 선조들은 동굴 벽에 그림을 남겼다. 마음을 전하고 싶어서 예술을 탄생시켰다.

세상에서 가장 슬픈 물음은 이것이다. "왜 말을 안 했어?" 사랑 앞에서 입 무거운 것은 현명함도 진중함도 아니다. 함구는 미덕이 아니라 무지하고 미련한 짓이다. 아직도 말하지 않고 바라기만 하는 것들은 깡그리 붙잡혀가야 한다. ❥

떠나는 자와
남는 자

내일의 일은 내일이 오기 전까지는 누구도 알 수 없다. 삶도 희
망도 운명도 내일에 대해서는 뾰족한 대책을 갖고 있지 않다.
단지 오늘의 선택에 기대어 내일을 기다려볼 뿐이다.

어떤 이는 오늘을 즐겨야 내일이 온다고 믿고, 어떤 이는 내일
을 위해 오늘을 견딘다. 오늘을 즐기는 사람은 내일을 과감하
게 처분해 배낭을 꾸려 여행길에 오른다. 오늘을 견디는 사람
은 떠나는 사람의 가벼운 뒷모습을 바라보며 자신이 붙들고
있는 오늘의 성실이 옳은가를 회의한다. 즐기는 사람은 현실

에 묶인 답답한 삶을 연민한다. 견디는 사람은 떠나는 사람의 결단과 용기를 동경한다. 서로 다른 자리에서 서로의 삶을 오해하며 우리는 살아간다.

자유인, 휴머니스트, 구도자라는 이름을 걸고 즐기는 자는 떠난다. 여행길에서 그는 숱한 현지인을 만난다. 그들은 여행자에게 대체로 관대하다.
"여보게, 멀뚱히 구경만 할 텐가? 어서 와서 거들게나. 생선 한 토막이라도 얻어먹으려면 말이야."
여행자는 엉겁결에 생선 상자 나르는 일을 돕고, 인심 좋은 노인의 단란한 저녁 식탁에 초대받는다. 노인은 신선한 생선 요리를 건네며 말한다.
"나는 칠십 평생을 여기서 생선을 잡으며 살았네. 작은 배 하나로 내해를 손금 보듯 드나들었지. 배 한 척과 가족이 내 전부라네. 남부러울 것 없는 삶이지. 자네는 무엇을 찾아 이리 멀리까지 왔나?"

즐기는 자는 알게 된다. 여행길에서 만난 사람들이 자신의 삶터에서 오늘을 즐기며 살고 있다는 사실을. 어느 비린 바닷가에서 파도처럼 밀려드는 별빛을 보며 그는 깨닫는다. 내가 떠나온. 그곳에도 여기 이곳과 같은 삶의 현실이 있다는 사실을. 견디는 삶이 초라한 게 아니라 정작 외롭고 가여운 것은 삶에 대한 너무 이르고 편협한 단정이었다는 것을.

누구나 삶을 견디며 산다. 동정할 까닭도 값싼 위로를 건넬 이유도 없다. 오래 견디다 보면 견디고 산다는 사실조차 잊게 된다. 견디는 삶도 살다 보면 어느새 풍미가 더해지고 즐길만한 삶이 된다. 기실 즐기는 삶이라는 것도 반드시 무언가를 견뎌내지 않고는 주어지지 않는다. 오늘의 자유든 내일의 희망이든 생활의 방편들일 뿐이다.

사람의 삶에는 다른 방도가 없다.
떠나든 남든, 즐기든 견디든
우리는 각자의 자리에서
당면한 오늘을 기꺼이 살아갈 뿐. 〉

비꽃

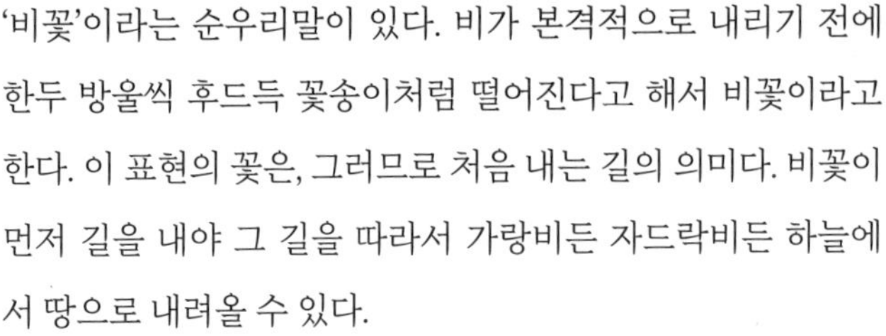

'비꽃'이라는 순우리말이 있다. 비가 본격적으로 내리기 전에 한두 방울씩 후드득 꽃송이처럼 떨어진다고 해서 비꽃이라고 한다. 이 표현의 꽃은, 그러므로 처음 내는 길의 의미다. 비꽃이 먼저 길을 내야 그 길을 따라서 가랑비든 자드락비든 하늘에서 땅으로 내려올 수 있다.

부슬비가 우련하게 내리던 밤이었다. 늦은 시간에 전화벨이 울렸다. 제법 거나하게 취한 후배의 들뜬 목소리가 잡음에 섞여 들려왔다.

"선배님, 접니다. 밤늦게 죄송합니다. 예전 동료들이랑 술 한잔 하고 있는데요. 문득 선배님 생각이 나서요. 감사하다는 말씀을 드리고 싶어서 감히 전화를 드렸습니다."

우리는 참 오래된 인연이고, 서로 격의 없고 스스럼없는 관계라고 생각했는데, 후배는 '감히'라는 부사를 써서 나를 망연자실하게 만들었다. 늘 그랬다. 나는 친구들과 있을 때도 일정한 거리감을 느꼈다. 흐트러지지 않아서 같이 있어도 완전히 섞이지 못했다. 그 이격은 그들이 만든 것이 아니라 내가 자청한 거리일 터였다.

나는 태어나기를, 단정하고 외따롭고 고요한 것에 끌리는 성정으로 타고난 모양이다. 물고기였다면 나는 아마도 맑고 서늘한 물에서 산다는 열목어나 산천어쯤이 아니었을까 싶다. 그런 나에게 후배들이 스스럼없이 다가서기란 쉬운 일이 아니었으리라. 자신들의 흐트러진 모습을 내보여도 괜찮을 만큼 내가 무던하고 도량 넓은 선배는 아니었으리라. 꼿꼿한 선비나 지고한 문사는 후세 사람들에게나 멋스럽지 동시대를 살아가는 붕우들에게는 얼마나 까탈스럽고 어려운 존재였겠는가. 나는 빗줄기가 거세질수록 채찍을 등에 받는 것처럼 아팠다.

내가 다니던 회사에 후배를 추천했고, 우리는 파란의 시절을 함께 건넜다. 그에게 나는 마중물이었고, 비꽃이었던 셈이다. 그러나 비가 본격으로 퍼붓기 시작하면 비꽃은 흔적도 없이 잊힌다. 그게 세상의 인심이고 삶의 눅눅한 단면이다. 그런데도 후배는 그 처음을 잊지 않고, 내가 자처한 외로움의 밑면을 쓰다듬어 준 것이다. 외로운 자리가 뭉클하게 뜨거워졌다.

비꽃을 기억해 준 것만으로도 나는 먹먹하고 고마웠다. 창문을 조금 열어 빗소리를 들이고 박하꽃 같은 잠을 잤다. 아침에 하늘이 말갛게 개어 있었다. 나는 숙취로 힘들어할 후배를 떠올리며 문자 한 통을 보냈다.
"날이 개었구나. 감히 너에게 문자를 보낸다. 해장 꼭 해라." ○

담담한
친절

요즘은 예사로 듣는다. "만 원이십니다", "주문하신 피자 나오셨습니다." 커피점에서도 식당에서도 물건값과 사물이 사람보다 높임을 받는다. 이런 표현은 문법적으로도 의미적으로도 잘못이라고 말해줘도 고쳐지지 않는다. 위에서 그렇게 시켰다는 데야 할 말이 없다. 그 '위'라는 사람들은 도대체 무슨 생각으로 사람보다 물건을 높이는 괴상한 존댓말을 발명하게 되었을까?

친절은 사회관계의 윤활유다. 개인의 선량함이나 상냥함이라는 성정을 교양의 덕목으로 사회화한 말이 친절일 것이다. 직장에서 요구하는 태도며 인성이며 자질의 바탕에 깔린 것도 실은 친절이다. 고분고분하고 나긋나긋하게 위계를 따르라는 무언의 압박이 친절이란 말속에 내포돼 있다. 선함으로 포장했지만 학습된 친절은 음흉한 계급성을 숨기고 있다. 친절을 강요받는 동안 감정은 억눌리고 자존감은 서서히 말라간다.

잊을 만하면 들려오는 사회적 약자에 대한 갑질 뉴스를 접할 때마다 우리는 여전히 인간 차별 사회에 살고 있구나, 확인하게 된다. 힘 있는 자들은 힘없는 자들의 무릎을 꿇리고, 서슴없이 멸시와 조롱을 퍼붓는다. 악랄하고 천박하기 이를 데 없이 뒤틀린 사회다.

이 사회는 유교적 관념에 사로잡혀 연장자, 배운 자, 가진 자에 대한 존경과 예의를 철저히 훈육해 왔다. 그것이 인간 됨의 기본이라고 단단히 세뇌해 왔다. 그러나 애석하게도 아랫사람을 대하는 윗사람의 태도와 예의에 대해서는 단 한 번도 가르친 적이 없다. 나이와 권위와 학벌을 떠나 사람을 동등하게 대하는 법을 배워본 적이 없다. 우리가 배운 것은 존중이 아니라 순종과 충성이었다.

먹고사는 게 우선이라는 기치로 온갖 문물과 제도를 수입하면서도 정작 인권 윤리의 교양 자원은 들여오지 않았다. 걸핏하면 돈과 나이를 앞세워 어린 사람을 함부로 대하면서, 언제 어디서나 당연한 권리인 듯이 대접받으려 든다. 운전면허처럼 어른면허를 취득해야만 비로소 어른이 될 수 있도록 법률을 만들어야 하지 않을까 하는 엉뚱한 생각마저 든다.

외국 여행을 하다 보면 자주 목격하는 장면이 있다. 경제적으로는 우리보다 넉넉하지 않을지라도, 물건을 팔고 서비스를 제공하면서 당당하고 담담하게 친절한 사람들. 그들의 친절은 복종도 아첨도 아니다. 동등한 존중은 자연스럽고, 생기가 느껴진다. 가난할 수는 있어도 비굴하지는 않다. 주눅 들지 않은 해맑은 영혼이 눈동자 속에 깃들어 있다.

서열과 계급을 바탕으로 한 관계는 결코 모두에게 좋은 관계가 될 수 없다. 주고받음의 크기와 상관없이 관계는 공정할 때 비로소 평화로워진다. 우리 사회에 필요한 것은 친절이 아니라 존중이다. 물건이 아니라 사람이 존경받는 정상 사회가 되려면, 친절이라는 이름으로 자행되는 복종의 강요를 멈춰 세워야 한다. (

새 장수가
전하는 말

양자물리학은 세계가 고정된 사물들의 집합이 아니라, 에너지와 장이 끊임없이 다른 형상으로 드러나는 과정임을 말해준다. 우리는 서로 다른 형상들을 본다고 믿지만, 실은 하나의 에너지가 각기 다른 모습으로 나타나는 장 안에 놓여 있다. 그 에너지는 물리적 의미의 빛이라기보다, 파동과 드러남이라는 의미에서의 빛에 가깝다.

움직이지 않는 것처럼 보이는 단단한 바위조차 파동이면서 동시에 입자로 이루어져 있다. 입자 알갱이로 이루어진 그것은 느리게 결합을 풀고 다시 에너지로 환원된다. 그러므로 나와 당신과 새와 나무와 물고기는 서로 다른 존재가 아니라, 하나의 에너지가 빚어낸 서로 다른 형상일 뿐이다. 우리는 빛에서 와서 다시 빛으로 돌아간다. 어디에서 무엇으로 존재하든.

저녁나절이면 새가 지저귀는 소리를 유심히 듣는다. 어떤 책에서 새 장수 이야기를 읽은 뒤부터 생긴 버릇이다. 새에게 근심을 말한 뒤 놓아주면, 새가 그 근심을 모두 지고 날아간다는 얘기였다. 새들이 하늘로 올라가 인간사의 근심을 풀어놓는다는 상상은 기묘하게 위로가 된다. 그렇다면 나와 연결된 새는 지금 어느 하늘을 날고 있을까. 나는 누구의 걱정을 안고 사는 새일까. 내게 근심을 맡기고, 나를 세상에 내보낸 이는 어디에 있을까. 그의 근심을 안고 사느라 내 삶이 이리 힘겨운 걸까.

삶에 익숙해지면 이 삶이 원래부터 내 것이었던 것처럼 착각한다. 그러다 문득, 내 몸을 내가 다루기 힘들거나 마음이 뜻대로 다스려지지 않는 순간이 온다. 그때 비로소 깨닫는다. 아차, 이 삶은 온전히 내 것이 아니었지. 잠시 빌려서 쓰고 있다는 걸 잊고 있었구나. 그 순간 나는 소스라치게 놀라 묻게 된다. 그러면 나는 누구의 몸에 깃들어 살고 있는 걸까. 나를 통해 살아가고 있는 이는 누구일까. 내가 근심을 풀어낼수록 어딘가의 누군가는 홀가분해지고 있는 걸까.

이런 꼬리를 문 생각들, 관계의 환원과 순환에 대한 상상은 지금의 삶을 함부로 다루지 말아야겠다는 생각을 다지게 만든다. 내 몸을 임차한 사람이 그렇게 하듯, 어디선가 다른 몸에 세 들어 살아가고 있을 나를 위해서. 당신과 나는 서로의 빚이다. 당신과 나는 하나의 우주이면서 잠시 다른 모습으로 건너가고 있을 뿐이다. 무수한 빛의 끈으로 우리는 연결돼 있다. 나는 나를 그리워한다. ☾

관계의
열역학

관계는 빛이 아니라 열에 가깝다. 빛은 어둠을 배경으로 삼는다. 누군가를 밀어내고 소외시켜 빛난다면, 그 빛은 더 강렬한 빛 앞에서 어두운 배경이 되고 만다. 열은 드러내기 위해 존재하지 않는다. 열은 오직 이동한다. 그래서 열은 관계의 상태를 가장 직관적으로 보여준다.

열역학 제1법칙이 말하듯 에너지는 사라지지 않고 형태만 바뀐다. 마음도 그렇다. 쌓여 있던 분노는 어느 순간 날 선 말로 변형되고, 조용한 애정은 작은 배려로 모습을 바꾼다. 오래 참고 눌러둔 서운함은 어느 날 갑자기 한숨으로 새어 나오고, 말하지 않은 호의는 따스한 손길처럼 뭉근하게 남는다. 관계의 온도는 보이지 않는 열의 양으로 유지된다.

우리는 서로를 뜨겁게 만들 필요는 없다. 하지만 관계를 지키는 일은 열을 지키는 일이다. 서로를 데우지 못하더라도 최소한 식지 않게 관심을 기울이는 일, 그것이 우리가 할 수 있는 가장 단순하고도 본질적인 관계의 열역학이다.

열역학 제2법칙에 따르면 열은 반드시 높은 온도에서 낮은 온도로 흐른다. 좋은 생각을 할 때보다 나쁜 생각을 할 때 에너지가 더 많이 소모된다. 우울한 사람은 열을 잃어 몸이 처져 보이는 것이고, 쾌활한 사람은 열이 밖으로 흘러나와서 에너지가 넘쳐 보이는 것이다. 그래서 부정적인 사람 곁에 머물면 열이 식고 에너지를 뺏기게 된다.

내가 혼자 있기를 자처해야 할 때는, 편안한 사람들 앞에서 마음 놓고 누군가를 시기하고 헐뜯는 나를 발견했을 때다. 그 좋은 관계를 다 잃기 전에 나는 혼자 체온을 회복하는 법을 익혀야 한다. 내가 따뜻한 열기를 유지해야 타인의 체온을 함부로

빼앗는 일이 없다. 관계에서 가장 경계해야 할 것은, 편안함 속
에서 느슨하게 풀려나오는 선량한 악의다. ☾

아끼지
말아야 할 말

'죽음 체험 프로그램'에 참가했다. 유언장을 쓰고 묘비명도 한 줄 적었다. 검은 리본이 둘러쳐진 영정사진 액자를 들고 저승사자의 안내를 받아 관까지 걸어갔다. 매일 거울에서 마주치던 남자가 영정사진 속에서 미소 짓고 있었다.

수의를 입었다. 수의에는 주머니가 없었다. 부유했든 가난했든 아무것도 가져가지 못한다는 의미였다. 신발을 벗어 한쪽에 가지런히 놓았다. 그 짧은 동작이 이승에서 저승으로 건너가는 마지막 의식 같았다. 관 속에 발을 들여놓는 내 모습이 슬로

모션 영상처럼 느리게 보였다. 다시는 걷지 못할 걸음이라 생각하니, 더 많이 걷고 오지 못한 후회가 밀려왔다.

등을 대고 누웠다. 어깨가 닿을 만큼 관은 비좁고 서늘했다. 내가 차지할 수 있는 지상의 마지막 너비. 겨우 이만큼이었구나. 이만큼이면 충분했는데 나는 너무 많이 바라며 살았다. 양손을 가슴에 얹고 숨을 길게 내쉬었다. 관에서 소나무 냄새가 났다. 세상에 와서 내가 좋아했던 냄새들이 떠올랐다. 햇볕 냄새, 풀 냄새, 눈 냄새, 비 냄새.

내가 마셨던 공기와 작별을 고했다. 관 뚜껑이 덮이자 빛이 사라졌다. 나무못 박는 소리가 쿵쿵 울렸다. 지상에서 듣는 마지막 소리였다. 내가 살아오며 타인의 가슴에 박은 못을 떠올려보라는 듯이 천둥처럼 울렸다. 그렇게 나는 싸늘하고 어두운 주검이 되었다.

해부학 실습에서 의대생들이 처음 사체를 마주할 때, 가장 먼저 느끼는 감정이 '차가움'이라고 한다. 바꿔 말하면, 따뜻함이란 살아있다는 증거라는 뜻이다. 나는 따뜻한 사람이었는가, 묻지 않을 수 없었다. 유서를 쓸 때 그리운 얼굴들이 떠올랐다.

산다는 것은 무수한 관계를 얽어 한 채의 집을 짓는 일이다. 죽는다는 것은 그 집을 제대로 정리하지도 못한 채 덩그러니 남기고 가는 일이다.

묘비명을 쓸 때 난감했다. 세상에 와서 좋았다고 쓰기에는 내가 너무 뻔뻔한 것 같았고, 많이 미안하고 고마웠다고 쓰기에는 내가 너무 잘못 산 사람 같았다. 망설이다가 "잘 먹고 갑니다"라고 적었다. 세상이 내게 차려준 밥은 따뜻했고, 그 안에는 이루 말할 수 없는 사랑이 담겨 있었다. 한 그릇의 밥 앞에서 나는 언제나 정직해져야 했다. 그런대로 나는 내 몫의 밥값을 치렀다고 믿고 싶다.

사람들은 나이가 들수록 감정이 메말라 간다고 말한다. 나는 그 말에 동의하지 않는다. 고마워하고 사랑하고 미안해하는 감정은 저절로 일어나는 감정이다. 메마르는 것은 감정이 아니라, 그 마음을 표현하려는 정성과 의지다. 사랑이 모자란 게 아니라, 사랑을 가둬놓고 밖으로 흘려보내지 않는 것이다.

아낌없이 써도 남아도는 마음을 왜 그렇게 아끼고 사는 걸까. 저승에서는 쓸모도 없을 이승의 따뜻한 말들을 왜 아껴두는 걸까. 한 번 죽어보니 그것들을 남김없이, 펑펑 쓰는 편이 훨씬 남는 장사더라는 말을 당신에게 꼭 전해주고 싶다. 사랑은 사랑하는 마음이 아니라, 사랑을 발설하는 몸을 말한다. ●

그냥 좋다는
말

도다리쑥국을 먹으러 가자고 친구들이 꾀었다. 나는 여태껏 한 번도 먹어보지 못한 맛이 궁금해서 버틸 수가 없었다. 일을 팽개치고 통영 욕지도에 가서 하룻밤을 묵었다. 남해의 봄밤은 쉽게 잠을 허락하지 않았다. 공기에서 물고기 비늘 냄새가 났다.

이른 아침 먼저 일어나 민박집 텃밭으로 나갔다. 갓 꽃망울을 터트린 수선화가 노랗게 인사를 했다. 간밤에 비가 다녀갔는지 젖은 흙에서 해초 냄새가 피어올랐다. 일행이 깨기 전까지

나는 하릴없이 수선화와 봄비의 관계를 추리해보기로 했다. 사물들 사이의 은밀한 관계를 들춰보는 일은 나의 고상한 취미다.

수선화를 심문했다. 봄비가 내려서 꽃을 피운 것인지, 아니면 봄비와 상관없이 오늘을 개화일로 정해두고 있었는지를 물었다. 수선화는 묵비권을 행사했다. 하는 수 없이 봄비를 소환했다. 꽃을 피우려 애쓰는 수선화를 도우려고 내린 것인지, 아니면 그냥 내리고 보니 수선화가 피어 있었는지 물었다. 봄비도 진술을 거부했다.

사건은 난항에 빠졌다. 나는 사건 현장을 중심으로 면밀한 탐문 수사를 벌였지만 유효한 제보는 없었다. 한밤중이라 다른 목격자도 없었다. 진술도 물증도 없었으나, 나는 두 피의자가 예사로운 관계가 아니라는 심증을 굳혔다. 수선화는 봄비의 조력을 받은 듯했고, 봄비는 그런 사실을 전혀 내색하지 않았다. 공모 관계가 분명했다. 나는 한 줄의 수사보고서를 남기고 내사를 종결했다.
'봄비는 그냥 내렸고, 수선화는 그냥 피었음.'

일행이 하나둘 잠에서 깨어나는 기척이 들렸다. 우리는 어떤 인연을 지어 여기까지 봄을 맞으러 오게 됐을까. 시절인연(時節因緣)이라는 말이 있다. 아무리 간절해도 때가 무르익어야 만날 수 있다는 뜻이다. 육지의 쑥과 바다의 도다리가 봄이라는 때를 만나 뚝배기 안에서 서로를 껴안듯, 우리 또한 예사롭지 않은 인연으로 이 자리에 있다. 기실 그냥 내린 비도 그냥 핀 꽃도 삼라만상에는 없다. 내리고 피는 찰나의 교차점에, 우리가 모를 뿐 말하지 않는 사연이 숨어 있다.

사람 사이에 그냥 편해지고 그냥 좋아지는 관계는 없다. 나의 편안함은 누군가가 얼마큼 감수한 불편의 대가다. 한쪽의 일방적인 돌봄으로 유지되는 안락은 오래가지 못한다. 봄비와 수선화처럼 '그냥'의 관계가 되려면 무르익기를 기다리는 시간이 필요하고, 주고도 내색하지 않는 넉넉함이 필요하고, 고마움을 잊지 않는 마음이 필요하다. 그렇게 가까워지면 알리바이가 생긴다. 서로를 굳이 설명하지 않아도 되는 내밀한 관계. 묵비권을 행사해도 이미 충분히 입증된 공동정범의 관계. 그들은 서로의 관계를 함부로 누설하지 않는다. 무심히 내리는 봄비도 무심히 피는 수선화도 없다.

사이가 황금처럼 단단해지면,

비로소 '그냥'이라는 말을 쓸 수 있다.

그냥 속에는 완전한 믿음이 있다.

구구절절 해명하지 않아도 되는 그 말.

당신이 좋아서, 그냥

모든 게 다 좋다는 그 말. ☽

그 사람이
알고 싶다면

그 사람이 어떤 사람인지 알고 싶으면, 같이 걸어보라고 했다. 걸음걸이나 걷는 습관에서 사람의 됨됨이가 드러난다. 뒤처진 일행을 돌아보고 기다려주는지, 자신이 차도 쪽으로 서서 상대를 보호하는지, 가파른 비탈에서 자연스럽게 손을 내밀어주는지. 호흡에 맞춰 걸을 줄 아는 사람은 타인의 속도를 존중해준다. 그런 사람이라면 인생의 동반자로 삼아 오래 같이 걸어도 좋겠다.

나는 그가 어떤 사람인지 알고 싶으면 무슨 책을 읽어왔는지 물었다. '그가 읽은 책이 곧 그 사람'이라는 말을 믿어서 그랬다. 책은 그의 관심사와 취향, 지식의 편력을 알려주었지만, 그것만으로는 부족했다. 본성은 독서목록보다 그가 사용하는 말투와 습관적인 몸짓에서 또렷이 드러난다. 교양은 학습되지만, 태도는 누적의 산물이니까.

사람의 진짜 얼굴은 이성의 가면이 벗겨질 때 적나라하게 드러난다. 같이 운동을 하거나 술을 마시거나 게임을 해보면, 단박에 그 사람의 본성을 알 수 있다. 무엇에 쉽게 흥분하는지, 목적과 수단을 구분하는지, 정해진 원칙을 지키는지, 적당한 선에서 멈출 줄 아는지. 순간순간 드러나는 모습에서 그 사람의 인성이나 심성을 엿볼 수 있다.

우리는 흔히 '첫눈에 반했다'고 말한다. 이유 없는 운명적 끌림이라고 말하지만, 사실 이유 없는 끌림은 없다. 짧은 순간 동안 이미 판단을 끝냈다는 뜻이다. 말투와 시선, 자세와 몸짓에서 익숙한 신호를 읽어낸다. 나랑 어울리겠다는 직관적 판단을 '운명'이라는 말로 대체했을 뿐이다. 첫눈에 반한 것이 아니라, 첫눈에 이해한 것이다.

그래서 첫인상이 좋았다고 할 때의 첫인상은 마음이 아니라 몸의 언어, 즉 태도를 말한다. 몸짓과 말투와 눈빛에는 그 사람이 살아온 환경과 가치관, 관계의 습관이 압축돼 있다. 태도는 숨길 수 없다. 그것은 연기되지 않는 그 사람 자체다.

첫눈에 끌렸더라도 혹시 모르니 그 사람과 나란히 걸어보고, 가볍게 손목 때리기 게임도 해보기를 권한다. 혼자 앞서가느라 호흡을 맞추지 못하고, 장난인데도 점점 세게 손목을 때린다면, 다시 생각해보는 편이 좋겠다. 분명 옹졸하고 치사한 녀석일 확률이 높다. 사람은 위기의 순간보다 사소한 놀이에서 더 정직해진다. 그 정직함은 대개 아주 정확하다. ❯

문자 이별 시대의
사랑

지금의 사랑은 문자 메시지로 이별을 통보한다. 화면 위에 몇 줄의 문장을 적어 관계를 끝낸다. 오래 산 사람들은 고개를 젓는다. 얼굴을 보면서 해야 할 일을 왜 화면 뒤에 숨어서 하느냐고, 최소한의 인간적 예의마저 팽개쳤다고 탄식한다. 그런 비판이 전혀 이해되지 않는 것은 아니다. 상대의 표정을 바라보고 원망을 견디고 감정의 무게를 함께 감당하는 일이 성숙한 자세라고 배워왔기 때문이다. 그 믿음은 지금도 유효한 가치일 수 있다.

나는 문자 이별이 무조건 비인간적이라고 단정짓고 싶지는 않
다. 관계의 방식은 언제나 그 시대의 매체나 도구들과 함께 변
해왔다. 편지로 사랑을 고백하던 시대가 있었고, 전화로 이별
을 말하던 시대가 있었다. 지금 우리는 온라인이라는 공간 속
에서 관계를 맺고 교감하고 정리한다. 얼굴을 보지 않는다는
이유만으로 비난하는 것은, 아날로그적 삶에서 벗어나지 못한
구태의연한 관점일지도 모른다.

이별은 감정의 분산이다. 두 사람 사이에 흐르던 긴장과 기대,
애착의 힘이 더 이상 같은 방향으로 작용하지 않을 때 관계는
붕괴한다. 때로는 가까운 거리에서의 직접적인 대면이 감정을
과도하게 증폭시킨다. 말보다 표정이 앞서고, 이성보다 반응이
먼저 튀어나온다. 그러면 이별은 정리가 아니라 충돌이 되기
도 한다.

문자 이별은 물리적 거리를 만든다. 그 거리는 회피일 수도 있
지만, 동시에 완충 장치이기도 하다. 말은 한 번 뱉으면 되돌릴
수 없지만, 글은 고치고 지울 수 있다. 그 거리의 여백 속에서
사람은 자신의 감정을 한 번 더 정리하게 된다. 그래서 문자 이
별이 언제나 무책임한 것은 아니다. 오히려 상대를 자극하지

않기 위한, 혹은 관계를 더 소란스럽게 만들지 않기 위한 최선일 수도 있다.

물론 모든 문자 이별이 존중의 결과는 아닐 것이다. 설명 없는 단절, 일방적인 통보, 감정을 삭제한 몇 줄의 문장은 관계를 정리하기보다 관계를 훼손한다. 문제는 방식이 아니라 상대를 배려하는 마음가짐일 것이다. 문자든 대면이든, 서로를 동등한 존재로 인정하지 않는 이별은 함께 겪어낸 삶의 시간을 부정하는 일이다.

이별은 언제나 관계의 실패처럼 보이지만, 관계를 끝까지 책임지는 마지막 과정이기도 하다. 어떤 이별은 직접 마주하지 않음으로써, 오히려 덜 상실하고 더 정확하게 끝맺는다. 관계의 에너지를 불필요하게 소모하지 않고, 상대를 더 다치지 않게 놓아주는 선의의 선택일 수 있다. 그렇지만 문자로 이별하는 시대에도 우리는 여전히 물어야 한다. 관계를 어떻게 끝내는 것이 서로에게 덜 잔인하고 덜 고통스러울까를, 어떤 이별이 서로가 나눈 사랑의 기억을 덜 훼손하는 방식일까를. ❯

잘
먹겠습니다

〈리틀 포레스트〉라는 심심하고 잔잔한 일본 영화가 있다. 나는 이 영화를 영혼이 허기질 때마다 꺼내 먹는다. '본다'가 아니라 '먹는다'고 말한 이유는, 이 영화가 수고로 빚은 정직한 한 끼에 관한 이야기이기 때문이다. 한적한 시골 마을로 돌아온 이치코는 자신을 위해 정성껏 요리하고, 정갈하게 차려 소박한 한 끼를 먹는다. 내가 인상 깊게 봤던 장면은 그녀가 식사 전에 단정하게 무릎을 꿇고 앉아 감사 인사를 올리는 모습이다.

"이타다키마스!"

사람들은 식사 전에 "잘 먹겠습니다!" 하고 인사를 한다. 일용할 양식을 내려준 신께 감사하는 사람도 있고, 국가와 국민을 떠올리는 군인도 있고, 유치원에서 배운대로 음식을 차려준 엄마에게 고개를 숙이는 아이도 있다. 그런데 혼자 밥을 먹으며, 잘 먹겠습니다라고 말하는 장면은 한국 문화에서는 조금 낯설고 흔치 않다. 그래서 그녀의 식사 예절은 내게 신선한 인상으로 남았다.

그녀는 자신이 농사지은 제철 재료로 음식을 만든다. 그녀가 배추 꽃봉오리 파스타를 먹을 때, 수제비 하토 국물을 마실 때, 보늬밤조림을 집어 들거나 김이 오르는 단팥 찐빵을 반으로 쪼갤 때, 나는 침을 삼키며 알게 되었다. "잘 먹겠습니다!"라는 말은 사람이 표현할 수 있는 가장 진솔한 고마움과 가장 많은 관계성을 포괄하고 있는 말이라는 것을. 뭉근하고 우묵하고 질박한 이 말 속에는 "사랑합니다"와 동시에 "당신의 생명을 받아 나의 생명을 잇습니다"라는 근원적인 경의가 담겨 있다.

우리가 이 말을 입 밖으로 소리 내어 말하는 이유는, 이 감사가 누군가에게 닿기를 바라서다. 이 감사를 전하는 차례가 있다면, 나는 가장 가까이 연결된 대상으로부터 시작돼야 한다고 생각한다. 그릇 안에 담긴 음식에 먼저, 채소와 곡식과 과일에, 그것을 길러낸 흙과 햇볕과 빗방울에, 땀 흘려 가꾸고 수확한 노동에, 정성 들여 요리한 손에, 이 음식을 먹을 수 있도록 나를 있게 한 부모와 조상에게, 그리고 이 모든 것을 받아들일 수 있는 오늘의 나 자신에게, 계절을 돌보고 부엌을 지켜온 이름 없는 신들에게.

사람들은 관계의 비중을 따질 때, 대개 거리부터 잰다. 아주 가까운 사이, 친한 사이, 아는 사이, 먼 사이. 그러다 보면 관계의 질량은 종종 잊힌다. 가장 오래, 가장 깊게 사귄 나 자신과는 서먹해지고, 부모나 가족은 친구보다 먼 자리에 밀려나기도 한다. 감사가 향해야 할 기준은 친밀의 거리보다 삶에 투여된 시간과 애정의 무게여야 하지 않을까.

오늘 당신과 가장 오래된 관계의 질량을 가진 사람이 차려준 음식을 앞에 두고 "잘 먹겠습니다!"라는, 세상에서 가장 사람 냄새 나는 말을 건너뛰었다면, 새봄이 와도 두릅순 초무침이나 머위 꽃봉오리 튀김을 먹을 자격이 없다고 해도 억울해하지 말아야 한다. 너무 크고 환한 사랑은 잘 감각되지 않는다. 보이지 않을 뿐 없는 것이 아니다. ○

말의
색채

"넌 이마가 참 못났구나."

아직 소년이었다. 수업시간에 짝꿍이랑 장난치다 불려간 교무실에서, 꾸지람하던 교사는 별 의식 없이 그 말을 내뱉었다. 그날 자신의 기분이 엉망이었든, 아이의 집이 넉넉하지 않았든, 성적이 형편없었든, 해서는 안 되는 말이었다. 그날 이후 소년은 늘 앞머리를 늘어뜨리고 다녔다. 누구에게도 자신의 이마를 보이지 않았다.

인상파 화가들은 사물을 있는 그대로 그리지 않았다. 사과가 반드시 빨갛지 않아도 되었고, 바다는 꼭 파랗지 않아도 되었다. 그들은 사물 자체보다 그것을 바라보는 마음의 인상이 중요하다고 믿었다. 그래서 어떤 화가는 사과를 검게 칠했고, 어떤 화가는 구름을 파랗게 칠했다. 세계를 받아들이는 감각은 사람마다 다르다는 사실을 그들은 색으로 증명해내고 싶었다.

사람의 말도 인상파 화가가 그리는 그림과 같다. 말은 고유한 색을 갖고 태어나지만, 그 색 그대로 가닿지는 않는다. 그립다는 말을 두고도 어떤 이는 따사로운 봄볕으로, 어떤 이는 서늘한 가을빛으로 연상한다. 농도도 다르고 질감도 다르다. 말은 화자의 의도보다 청자의 심상에 따라 다시 칠해진다. 말의 화살은 쏜 사람에게는 흔적이 없지만, 과녁에 선명한 자국을 남긴다. 때로 어떤 말은 말하는 사람이 아니라 듣는 사람의 소유가 된다.

어느 불교 경전에 이런 말이 나온다. 남이 나를 비난하거나 칭찬하면 그것이 진실인지 살펴보고, 진실이 아니면 바로잡으라고. 비난이든 칭찬이든 사실 여부만 판단하고 감정적으로 우쭐대거나 위축되지 말라는 가르침이다. 그러나 나는 여전히 남들의 평가에 출렁거린다. 하물며 아이들은 어떻겠는가. 두부처럼 연약하고 무른 아이들의 심장은 독이 묻은 화살을 막아 낼 재간이 없다. 습자지처럼 말의 빛깔 그대로 흡수해버린다.

내가 어떤 사람인가를 알고 싶다면, 내 성격이 어떤가를 남들에게 묻기보다, 내가 어떤 말을 내뱉고 있는지 살펴봐야 한다. 더 나은 사람이 되기를 원한다면, 성격을 고치려 애쓰기보다 사용하는 언어를 바꾸는 편이 빠르다. 성격은 쉽게 변하지 않지만, 말의 색채는 매 순간 선택할 수 있기 때문이다. 우리는 자기 혀로 자신의 인격을 매일 그려가고 있다.

이것 하나만은 잊지 말아야 한다. 어떤 사람의 심장에 보관된 말에는 소멸시효가 없다. 심장에 박힌 상처의 말은 화살의 주인과 상관없이 한 존재의 일생을 조용히 갉아먹는다. 당신이 유채 꽃밭이나 라벤더 꽃밭을 구경하고 싶다면, 씨앗 한 낱이면 충분하다. 당신의 행성에 무슨 씨앗을 퍼트릴지는 당신이 입안에 넣고 다니는 혀에 달렸다. (

3부

행복의 질량

사람은 자기 안에 작은 행복의 입자가 있을 때,

타인의 행복에도 감응한다

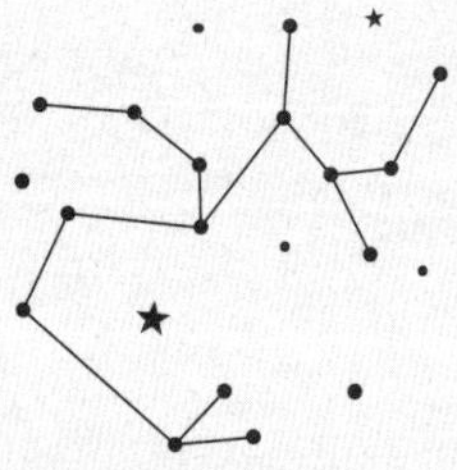

관계는 본래 불안정한 상태에서 출발한다. 모든 생존 시스템이 에너지를 최소화해 가장 안정된 상태로 나아가듯, 사람과 사람 사이의 힘 또한 안정과 평화라는 목적지를 향해 나아간다.

두 물체가 처음 마주칠 때 서로 다른 속도와 방향 탓에 충돌이 일어난다. 그렇듯이 사람도 다른 조건을 가지고 만남을 시작한다. 과거의 시간, 성격의 질량, 감정의 관성 같은 차이들은 어쩔 수 없이 충돌을 만든다. 그렇다고 충돌이 파괴만을 의미하지는 않는다. 속도와 방향을 조정하는 또 하나의 힘이기도 하다. 행복한 관계는 충돌이 없는 관계가 아니라, 그 충돌을 통해 새로운 균형 상태에 도달하는 관계를 말한다. 이때 행복은 감정의 폭발이 아니라 관계가 안정되는 상태, 가장 낮은 에너지가 응축되는 지점을 가리킨다.

끌림이 우연처럼 보이지만, 이것은 자연스러운 에너지의 경로이자 흐름이다. 전하가 서로를 끌어당기고, 중력이 공간을 휘어 물체가 서로 다가가게 만든다. 사람 사이의 끌림도 본능적인 자력이다. 감정이 뜨거울 때, 우리는 흔히 행복하다고 착각한다. 그러나 뜨거움은 오래 지속되지 못한다. 온도는 쉽게 변하고, 시스템은 열을 잃거나 얻으며 흔들린다. 관계의 행복은 서로가 서로에게 너무 뜨겁지도, 너무 차갑지도 않은 온도를 유지하며 평화롭게 공존할 수 있는 상태를 말한다.

나는 때때로 행복에 질량이 있다고 느낀다. 잡히지 않는 감정 속에도 무게와 밀도가 있고, 응축과 확산이 있다. 물리학 법칙들처럼 감정도 특정한 조건에서 존재하고 움직이며 때에 따라 변한다. 질량은 한 물체가 가진 변하지 않는 고유한 양이다. 밀어도 끌어도 상태가 바뀌어도 본질은 유지된다. 행복도 마찬가지다. 한 번 경험한 행복은 쉽게 사라지지 않는다. 순간이 지나고 기억이 흐려져도 그때 느꼈던 감각은 마음 깊은 곳에 관성처럼 남는다. 행복이 가벼워서 금방 날아간다고 생각하지만, 실제로는 미세한 입자처럼 쌓여서 나를 지탱하는 듬직한 중량이 된다.

질량이 있는 모든 것은 서로를 끌어당긴다. 행복도 사람 사이에서 비슷하게 작용한다. 사람은 자기 안에 작은 행복의 입자가 있을 때, 타인의 행복에도 감응한다. 누군가 진심으로 웃고 있을 때, 그 웃음은 설명할 수 없는 인력처럼 주변의 마음을 끌어당긴다. 행복한 사람 가까이 가고 싶은 이유는 단순히 기분 좋음 때문이 아니라, 행복의 질량이 만든 중력 때문이다.

행복은 단순한 감정이 아니다. 우리는 행복을 너무 가볍게 다루는 경향이 있다. 행복이라는 감정은 살아갈 힘을 생성하고 기억을 남기고 마음의 구조를 재구성하는 물리적 존재에 가깝다. 행복은 우리 삶의 질량에서 가장 비중이 높다. 그 무게 덕분에 우리는 버티고, 다시 일어서고, 서로를 향해 한없이 끌려간다. ★

장미 향기를
미루지 말 것

우리는 많은 허락 속에서 살아간다. 무엇을 해도 되는지, 어디까지 괜찮은지, 어느 선을 넘지 말아야 하는지 끊임없이 묻는다. 자유롭게 보이는 일상 속에서도 우리는 늘 눈치를 살피고, 스스로를 검열하며 보이지 않는 규칙에 몸을 맞춘다. 허락받는 삶에 익숙해질수록 안전해 보이지만, 동시에 서서히 생의 감각은 마비된다.

긴 유럽 여행을 마치고 돌아온 친구는 자신이 자주 '레드'가 된 기분이었다고 했다. 영화 〈쇼생크 탈출〉 속 레드처럼, 그는 아무 일에도 먼저 허락을 구했다. "이거 해도 되나요?" 그 질문 앞에서 현지인들은 되묻는 눈빛을 보냈다고 한다. "왜 안 되죠?" 그 순간 그는 깨달았다고 한다. 자신이 자유를 빼앗긴 것이 아니라, 자유를 사용하지 않는 법에 길들어 있다는 사실을. 자유는 제도가 아니라 태도에 가깝다. 누군가는 규칙 안에서도 자유롭고 누군가는 아무 제약이 없어도 스스로를 가둔다. 우리는 안전하다는 이유로 너무 많은 가능성을 미리 포기한다. 허락받지 않은 기쁨을 경계하고 승인되지 않은 감정을 의심한다.

오래전 런던에 갔을 때, 시내를 구경하다가 공원묘지를 만났다. 묘지는 조용하고 환했다. 도시는 그 곁에서 아무 일 없다는 듯 평화롭게 숨 쉬고 있었다. 시내 한복판에서 맞닥뜨린 묘지 풍경이 내겐 꽤 신선한 충격이었다. 죽음이 삶과 분리되지 않은 채 같은 공간에 있다는 사실이 놀라웠다. 우리 사회는 죽음을 최대한 멀리 밀어낸다. 병원 지하로, 도시 외곽으로, 산 너머로. 죽음을 제거한 삶이 더 건강해질 것이라 착각한다. 그러나 죽음을 잊은 삶은 오히려 거칠고 무례해진다. 끝이 지워진 삶은 자신이 무엇을 향해 가고 있는지 자주 망각한다.

죽음은 삶을 위협하는 존재가 아니라 삶을 밀도 있게 만드는 경계다. 죽음을 곁에 둔 삶은 서두르지 않으면서도 미루지 않는다. 지금 이 순간이 유일하다는 사실을 알기 때문이다. 죽은 이들은 말한다. 묘지에 가져올 수 있는 것은 이름 하나뿐이라고. 그러니 사랑을 아끼지 말고, 감정을 저축하지 말고, 향기를 미루지 말라고. 허락받을 때까지 기다리다 보면 계절은 가버리고 장미는 시든다.

삶은 허락을 얻어야 시작되는 것이 아니다. 우리는 살아있는 동안 이미 충분한 권한을 부여받았다. 오늘 기뻐해도 되고, 지금 행복해도 되고, 다시 사랑해도 된다. 그러니 허락을 구하지 말고, 눈치도 보지 말고, 묻지도 말고, 장미 향기를 깊숙하게 들이마시자. 코를 파묻고 흠씬! ☾

무엇이 되면 좋을지 네가 나에게 물어왔을 때, 나는 잠시 말문이 막혔다. 나는 무엇이 되겠다고 정해놓고 지금의 내가 되지 않았기 때문이다. 솔직히 말하면 자랑스러운 사람이 되겠다고 결심해본 적도 없고, 훌륭한 사람이 되어 인정받고 싶다고 바란 적도 없다. 나는 주어진 조건 속에서 내 능력껏 하루하루를 건너왔을 뿐이고, 그러다 보니 지금의 내가 되었다.

그러니 네가 지금 무엇이 되겠다고 특별히 정하지 않아도 괜찮다. 너는 언젠가 무언가가 될 것이다. 아니, 너는 이미 무언가가 돼 있다. 그것을 마땅히 부를 언어가 아직 세상에 없을 뿐이다. 너는 누군가에게는 소중한 사람이고, 누군가에게는 필요한 사람이며, 누군가에게는 사랑의 이유가 되는 사람이다. 그것만으로도 충분하다.

어떻게 살고 싶다가 아니라, 무언가가 되고 싶다고 말해지는 그 '무언가'의 정체를 나는 의심한다. 그것이 정말 내 안에서 자연스럽게 솟아난 욕망인지, 아니면 남들이 좋다고 말하는 무엇을 흉내 낸 것인지 들여다보게 된다. 무엇이 되어야 한다는 강박은 종종 내 욕망이 아니라 타인의 기대에서 시작된다. 인정받고 싶다는 마음, 뒤처지고 싶지 않다는 두려움, 비교당하지 않으려는 불안이 욕망으로 위장해 우리 안에 들어온다. 그렇게 꾸는 꿈은 내 삶이 아니라 그들의 삶이 되기 쉽다.

철학자 라캉은 "인간은 타자의 욕망을 욕망한다"고 갈파했다. 우리는 내가 진정으로 원하는 것이 아니라 남들이 욕망하는 것을 욕망한다. 왜냐하면 이 세계는 이미 설계된 욕망의 구조 속에 있기 때문이다. 라캉에 따르면 우리가 사는 사회는 기호와 상징으로 조직된 세계다. 우리는 태어나는 순간부터 관계 속에 편입되고, 이름과 번호와 신분으로 규정된다. 사회는 끊임없이 우리에게 표식을 부여하고, 그 표식으로 우리를 지배하고 평가한다. 이 구조 안에서 인간은 하나의 존재이기 이전에 하나의 기호에 불과하다.

욕망은 자연스럽게 욕망의 질서를 따라 흐른다. 더 나은 기호를 갖고 싶어 하고, 더 높은 상징을 원한다. 부모가 자식에게 특정 직업을 권하는 것도 대부분은 그 직업이 더 행복해 보여서가 아니라, 더 안전하고 더 인정받는 상징이기 때문이다. 우리는 그렇게 남의 욕망을 따라 욕망하는 법을 배운다. 돌이켜 보면 우리 대부분은 내 삶을 살았다기보다 타인이 제시한 삶을 성실히 수행해왔다. 부모가 안심할 수 있는 삶, 교사가 권한 삶, 사회가 승인한 삶을 살아왔다. 그래서 정작 내가 무엇을 원하는지는 쉽게 말하지 못한다. 주체적으로 살라는 말의 의미는 알지만, 그 말이 가리키는 구체적인 삶의 형태는 좀처럼 보기 힘들다. 다르게 사는 삶은 여전히 불편한 시선을 받는다. 평범한 삶은 쉽게 초라해지고, 소수자의 삶은 제도 밖으로 밀려난다.

나 역시 아직도 내가 원하는 삶이 무엇인지 명확히 말하지 못한다. 남들과 다르지 않게 살기 위해 애썼고, 사회의 기준에서 벗어나지 않기 위해 조심하며 살아왔다. 내 삶이었지만 온전히 내 것인 삶은 아니었다. 그래서 나는 너에게 '네가 원하는 삶을 살라'는 말도, '훌륭한 사람이 돼라'는 말도 하고 싶지 않다. 그 말들마저 누군가의 틀이 될 수 있기 때문이다.

다만 이것만은 말해주고 싶다. 나답게 사는 삶이 이유 없이 위협받지 않는 사회, 다르게 사는 삶이 해명을 요구받지 않아도 되는 사회, 평범한 삶이 비교당하지 않는 사회를 상상해라. 자신의 속도로 사는 사람들이 존중받는 사회의 편에 서라. 그런 세상을 바라는 사람들과 연대하면서, 천천히 네 욕망을 발견해 가도 괜찮다. 인생에 거창한 목적을 두지 않아도 된다. 삶이 반드시 의미 있어야 할 이유도 없다. 목적과 의미를 강요하는 것 역시 타인의 시선이고, 체제의 언어일 뿐이다.

너는 그냥 살아도 된다.
그래도 무언가는 된다. 아무것도 아니어도 괜찮다.
남들의 인정을 바라지 말고, 네가 스스로 인정하며 살아라.
삶의 기준을 네가 정해라.
네가 좋으면 그 삶은 온전하다.
그것이 사람이다. ◖

사생활의 보증

사람들은 흔히 관계를 행복과 동일시한다. 친구가 많으면, 사랑받고 있으면, 인정받고 있으면 행복할 것이라고 믿는다. 정말 그럴까? 관계는 행복 그 자체가 아니라 하나의 수단에 가깝다. 돈이나 배경이나 지위가 그렇듯 관계 역시 잘 사용하면 삶을 풍요롭게 하지만, 잘못 사용하면 삶을 소모시킨다. 우리는 관계를 소유하려다 관계에 소모되는 일을 겪는다.

관계를 맺는다는 것은 관계라는 도구를 공동으로 사용하겠다고 합의하는 일이다. 그 합의는 각자의 삶을 포기하겠다는 선언이 아니다. 관계가 내 삶을 대신 살아주지 않는다. 관계 안에 들어간다고 해서 개인의 사생활이 공동 소유가 되는 것은 아니다. 오히려 좋은 관계일수록 각자의 사생활이 더 명확하게 보존된다.

사생활은 한 인간의 가장 안쪽에 자리한 고유 영역이다. 생각이 쉬어가는 곳이고, 감정이 정리되는 방이며, 자기 자신으로 머무는 공간이다. 이 공간이 훼손되면 사람은 관계 속에서 점점 자신을 잃는다. 친밀이라는 이름으로 사생활을 침범하는 순간, 관계는 교류가 아니라 점령이 된다. 무례한 방식으로 유지되는 친밀은 결국 관계를 병들게 한다.

나는 사생활이 보장되지 않는 관계를 경계한다. 그것은 애정이 많아서가 아니라 불안이 커서 생기는 형태다. 상대를 전부 알아야 안심하는 마음, 모든 시간을 공유해야 사랑이라고 믿는 집착은 관계를 위험에 빠트린다. 사생활을 허락하지 않는 관계는 상대를 신뢰하지 않는 관계다.

관계 역시 하나의 공간이다. 두 사람이 가까워질수록 그 사이에는 제3의 장소가 생긴다. 그곳은 나도 아니고 너도 아닌, '우리'가 잠시 머무는 공유작업실 같은 곳이다. 우리는 그 공간에서 대화를 만들고, 기억을 쌓고, 감정을 조율한다. 그 공간은 공유작업실이지 개인의 거처는 아니다. 우리는 언제든 각자의 방으로 다시 돌아갈 수 있어야 한다. 건강한 관계는 그런 기반 위에서 유지된다. 어떤 관계든 내 삶의 전부는 아니다. 이 사실을 받아들일 때, 관계는 비로소 안정되고 가벼워지고 오래간다.

행복은 관계 안에서 직접 생산되지 않는다. 관계는 다만 행복이 생성될 수 있는 조건을 마련해줄 뿐이다. 자신의 사생활이 온전히 보존된 상태에서 접속될 때, 그 교집합의 부산물로 행복이 생긴다. 관계가 잘못되고 있다고 느껴진다면, 관계를 점검하기보다 사생활이 얼마나 침해되었는지 먼저 살펴보는 게 현명하다. 사생활이 보증되는 관계에서 사람은 숨을 쉰다. 숨을 쉬는 관계만이 오래 생존한다. ●

행복의
질량

지상에 생겨난 행복의 종류는 수십억 가지가 넘을 것이다. 사람은 물론이고 동물과 식물마저도 각자 고유한 방식으로 행복을 생산한다. 웃음, 햇볕, 성장, 안도, 포옹, 충만 같은 것들. 행복은 생명체가 스스로 만들어내는 가장 오래된 물질이다. 농경 인류는 흉작을 대비하듯, 자신이 수확한 행복을 저장하는 법을 터득했다. 세계 어느 나라의 시장을 가보든 내 말이 사실임을 알 수 있다. 사람들은 자기 집에서 생산한 행복을 펼쳐놓고 자랑하느라, 이웃이 수확한 색다른 행복과 교환하느라 시장을 떠들썩하게 만든다. 그곳은 활기차고 천진난만하고 야단

법석이다. 시장은 언제나 행복의 집결지다.

나는 세상에 존재하는 모든 행복의 질량은 같다고 믿는다. 생산지가 어디든 생산자가 누구든 행복의 무게는 동일하다. 겉모습과 부피는 달라 보일 수 있다. 어떤 행복은 화려하고 어떤 행복은 소박하다. 그러나 무게만큼은 같다. 왜냐하면 행복은 예외 없이 머리 위 공중에 뜨기 때문이다. 행복은 크든 작든 모두 무중력 상태처럼 둥둥 떠다닌다. 그래서 우리가 행복을 낚아채는 순간, 몸이 공중으로 붕 떠오르는 듯한 기분이 드는 것이다. 기쁨이란 감정이 아니라 잠시 중력을 잊는 체험인지도 모른다.

우리는 행복의 위치를 잘 모르기 때문에 행복이 부족하다고 느낀다. 바닥만 내려다보고 살면 공중에 떠다니는 가벼운 것들의 존재를 잊는다. 행복의 일사량이 부족할 때, 웅크리지 말고 바깥으로 나와 가슴을 펴고 폴짝 뛰어오르면 좋다. 침대 위에서도 좋고, 강아지를 데리고 나와 풀밭에서 뛰어도 좋다. 스프링처럼 튕겨 오르면 행복의 냄새를 맡을 수 있다. 양팔을 뻗었을 때 손에 잡히는 것이 있다면, 그것이 바로 공중에 가장 많이 분포하는 행복 물질이다. 설령 아무것도 낚아채지 못해도 괜찮다. 뛰어오르는 행위만으로도 분명히 기분이 달라진다. 공중에 잠시 체공하는 동안 공기 중에 흩어져 있던 행복 물질이 피부로 스며들고, 폐 속으로 빠르게 유입되기 때문이다. 내 말을 믿고 땀이 날 때까지 직접 체험해보기를 바란다.

행복의 질량은 같지만, 사실 체감되는 무게는 다르다. 어떤 이는 작은 행복을 만나도 쉽게 떠오르고, 어떤 이는 꽤 많은 행복을 경험해도 좀처럼 날아오르지 못한다. 이는 행복의 문제가 아니라 몸에 남아 있는 중력의 문제일지도 모른다. 상실, 불안, 비교, 피로 같은 물질들이 몸에 달라붙으면 같은 질량의 행복도 유난히 무겁게 느껴진다. 이 정도로는 아직 멀었다고 부추기는 중력의 군더더기들이 몸을 더 무겁게 만든다. 행복은 늘 그 자리에 있지만, 아직 날아오를 준비가 되지 않은 것이다.

군더더기를 하나씩 풀어낼 때마다 몸은 가벼워진다. 어느 순간, 아주 작은 행복에도 발끝이 들린다. 행복은 애초에 멀리 있지 않다. 다만 너무 많은 것을 짊어진 채로 하늘을 올려다보고 있었을 뿐. 행복을 찾으러 멀리 가지 마라. 내가 생산 공장이고, 내 머리 위가 적재 창고다. 행복의 위치를 항상 기억하자. ☽

왜 다른 사람을
사랑하는가

다른 사람과 늘 잘 지내는 일은 어렵다. 나와 같은 사람을 만났더라면 이토록 애쓰지 않아도 될 텐데 하고 바라게 된다. 그런 소망을 품으면서도 우리는 나와 다른 사람을 사랑한다. 세상 어디에도 같은 사람과 사랑하는 이는 없다. '같은 사람과 살면 더 편할 것이다'라는 가설은 애초에 성립 불가능한 얘기다.

만약 나와 완전히 같은 사람과 함께 산다고 가정해보자. 성격도 취향도 가치관도 같다. 무엇을 먹고 싶은지 물어보지 않아도 되고, 무엇이 불편한지 설명하지 않아도 된다. 생각이 같으니 대화는 줄어들고 감정의 결도 겹친다. 기쁨은 동시에 찾아오고, 분노와 우울도 같은 방향으로 흐른다. 위로가 필요한 순간조차 둘 다 동시에 위로받고 싶어 한다.

그 관계는 겉보기에 완벽해 보이지만, 실은 숨 쉴 틈이 없다. 차이가 없다는 것은 완충이 없다는 뜻이기도 하다. 서로 다른 방향으로 흘러줄 여지가 없을 때, 관계는 더 쉽게 극단으로 치닫는다. 그래서 우리는 알게 된다. 나와 같은 사람과 사는 일보다, 나와 다른 사람과 살아가는 일이 훨씬 인간적이라는 사실을. 자연은 이 점에서 지독할 만큼 정확하다. 단 한 쌍의 동일한 인간도 만들어내지 않는다. 얼굴이 닮은 쌍둥이조차 서로 다른 내면을 가진 채 살아간다. 차이는 오류가 아니라 정치한 설계다. 자연은 인간에게 '같음'이 아니라 '다름'을 통해 관계 맺는 법을 가르친다.

우리는 나 자신이 아닌 모든 이를 '다른 사람'이라 부른다. 이것은 인간 존재에 대한 가장 원초적인 정의다. 나는 나이고, 당신은 당신이다. 우리는 이 자명한 사실을 자주 잊는다. 나와 다르다는 이유만으로 타인을 불편해하고, 불편함이 곧 혐오로 번지는 일을 반복한다.

사람들은 은근히 기대한다. 타인도 나처럼 생각하고, 나처럼 느끼고, 나와 비슷한 선택을 하기를. 그 기대는 애초에 폭력에 가깝다. 다른 사람에게 '나와 같아질 것'을 요구하는 순간, 그는 더 이상 사람이 아니라 하나의 기준이 된다. 그렇게 우리는 다른 냄새, 다른 억양, 다른 취향을 견디지 못한다. 다른 피부색, 다른 신념, 다른 입장을 적대시한다. 차이는 이해의 대상이 아니라 제거의 이유가 된다.

우리가 타인을 부를 때 굳이 '다른'이라는 관형사를 붙이는 이유를 곱씹어볼 필요가 있다. 그 말은 요청이자 경고다. 나와 같지 않음을 인정하라는 요청, 그 다름을 함부로 판단하지 말라는 경고. 더 나아가 '다르다'는 단어에는 '보통과 구별될 만큼 두드러진다'는 뜻도 담겨 있다. 다른 사람 앞에서 겸손해야 하는 이유가 바로 여기에 있다. 그는 나와 달라서 특별하고, 나와 달라서 그만의 방식으로 완성된 존재다.

내가 나로서 살아갈 권리를 가지듯, 그는 그로서 살아갈 권리를 가진다. 이 권리는 서로를 닮게 하려는 노력에서 생기지 않는다. 오히려 서로를 이해할 수 없다는 사실을 받아들이는 순간, 비로소 시작된다. 타자의 권리를 존중하지 않는 사회에서 개인의 자유는 오래 버티지 못한다. 역사는 이를 여러 번 증명했다. 타자를 지우려는 순간, 인간성 역시 함께 지워진다. 그래서 야만의 시대는 늘 같은 얼굴을 하고 돌아온다. 다름을 참지 못하는 흉측한 몰골로.

지금 당신이 사랑하는 누군가와 함께 살고 있다면, 그는 처음부터 당신과 다른 사람이었을 것이다. 당신에게 아이가 있다면, 그 아이는 당신의 연속이 아니라 또 하나의 타자다. 다른 사람 없이 당신이 기뻤던 적은 단 한 번도 없다. 다른 사람 없이 당신이 이 세계에서 자신을 확인할 수 있는 방법도 없다. 타인을 완전히 이해하려 애쓰지 않아도 된다. 다만 그가 나와 다를 수밖에 없다는 사실을 인정하면 된다. 다른 사람은 나라는 존재를 가능하게 해주는 유일한 이유이고 증거다. ☽

행복
원소

지구의 지각에는 대략 90여 종의 원소가 존재한다. 그중 프랑슘은 가장 늦게 발견된 원소이자, 가장 불안정한 원소다. 반감기는 고작 수십 분에 불과하고, 지구 전체에 존재하는 양도 손바닥에 올릴 만큼 적다. 과학자들이 프랑슘을 '지구에서 가장 희귀한 물질'이라 부르는 이유다. 나는 이 원소를 떠올릴 때마다 인간이 삶 속에서 만들어내는 행복과 닮았다는 생각을 한다.

행복은 오래 머물지 않는다. 기쁨은 생성되자마자 소멸하고, 만족은 금세 증발한다. 반면 불안과 분노, 우울과 슬픔은 훨씬 끈질기다. 마음의 지각 위에 자리 잡은 어두운 감정들은 가만히 두면 재빠르게 면적을 넓힌다. 그래서 우리는 부지런히 행복을 생산해야 한다. 그러지 않으면 마음의 표면은 쉽게 침식된다. 행복이 프랑슘을 닮았다고 생각하는 이유는 바로 이 불안정성과 희소성 때문이다.

사람들은 이 희귀한 물질을 얻기 위해 여러 방법을 선택한다. 그중 가장 손쉬운 방식이 타인과의 관계다. 관계는 비교적 빠르고 확실하게 행복 반응을 일으킨다. 함께 웃고, 공감하고, 같이 연결되어 있다는 느낌은 즉각적인 쾌감을 준다. 그래서 관계는 행복 그 자체인양 착각을 불러일으킨다. 하지만 관계는 행복의 원천이기보다 행복 반응을 촉발하는 촉매에 가깝다. 촉매는 조건이 맞을 때만 작용한다.

산호초와 야자수로 둘러싸인 피지섬 사람들이 행복할까, 아니면 빙하의 나라 아이슬란드 사람들이 행복할까? 행복 연구자들은 흥미로운 사실을 보고한다. 열대 지역보다 혹독한 추위의 땅에 사는 사람들의 행복도가 더 높게 나타난다는 것이다. 이유는 의외로 단순하다. 생존이 어려운 환경일수록 사람들은 협력하지 않으면 살아갈 수 없다. 관계는 선택이 아니라 조건이 된다. 서로를 배려하고 신뢰하지 않으면 공동체가 유지되지 않는다. 그 긴장 속에서 형성된 친밀은 느슨한 풍요보다 단단하다. 나는 그 이야기를 들으며, 문득 아이슬란드에 가보고 싶어졌다. 프랑슘이 조금 더 오래 머무는 곳이 아닐까 해서.

외로움이 밀려올 때, 나는 프랑슘을 떠올린다. 행복은 저장할 수 없는 물질이다. 창고에 쌓아둘 수도 없고, 남의 것을 훔쳐 올 수도 없다. 각자 자기 안에서 직접 생산해야 한다. 나 자신이 행복의 원소라는 사실을 그때마다 확인한다. 동시에 당신 역시 내 행복 반응의 중요한 촉매라는 것도 안다. 그래서 나는 당신에게 협력할 이유가 있다. 당신의 프랑슘이 사라지지 않도록 조심하는 일은 결국 내 프랑슘을 지키는 일이다.

행복은 희귀하다. 그래서 더 소중하다. 반감기가 짧기 때문에 우리는 더 자주 서로를 살핀다. 조금 더 다정해지고, 조금 더 참는다. 프랑슘 같은 사랑은 오래 남지 않지만, 그 순간의 빛은 분명하다. 나는 그 빛의 존재를 믿는다. 오늘도 나는 비커를 들고 삶의 실험실로 들어간다. 내 안에 있는 행복 원소를 생성해 보려고. 〉

연결의
의미

아들들은 어느 순간부터 아버지와 거리를 두기 시작한다. 몸이 자라고 생각이 단단해질수록, 아버지와는 점점 말이 통하지 않는 존재가 된다. 그 거리감은 다툼에서 생기기보다 침묵 속에서 자란다. 말을 하지 않게 되고, 묻지 않게 되고, 서로의 세계를 존중한다는 명목으로 방관하게 된다.

한 아버지가 아들과 동행하는 긴 도보여행을 계획했다. 아버지는 미리 체력을 길렀고, 아들은 마지못해 배낭을 멨다. 그렇게 둘은 길 위에 올랐다. 배낭이 무거웠지만, 더 무거운 것은 말 없는 시간이었다. 같은 방향으로 걷지만, 서로의 마음은 닿지 않는 거리에 있었다.

그들은 종일 걸었고 해가 지면 텐트를 쳤다. 사나흘에 한 번씩은 민박집에 들러 몸을 씻고 옷을 빨았다. 특별한 대화는 없었지만, 함께 먹고 함께 자는 시간이 반복되면서 말보다 먼저 호흡이 맞아갔다. 어느 순간 가벼운 농담이 오갔고 장난이 섞였고 조금씩 어색함이 풀렸다.

아버지는 말을 줄였다. 대신 들으려고 애썼다. 아들이 꺼내지 않았던 말들, 정리되지 않은 생각들, 아직 이름 붙이지 못한 불안들. 아들은 그제야 아버지의 숨소리가 예전 같지 않다는 걸 알아차렸다. 걸음이 느려지고 쉬는 횟수가 늘어난 이유를 아들은 몸으로 이해했다. 시간이 사람을 어떻게 쇠약하게 만드는지 처음으로 보게 되었다. 어느 날 아버지는 이상한 점을 느꼈다. 자신의 배낭이 점점 가벼워지고 있었고, 그 안의 물건들이 하나둘 아들의 배낭으로 옮겨가고 있었다.

그 이야기를 들었을 때, 나는 아직 젊었었다. 그러나 그 이야기가 내 삶과 무관하지 않다는 사실을 깨닫는 데는 그리 오랜 시간이 걸리지 않았다. 언젠가부터 내 아들 역시 가까이 있지만 낯설었고, 사랑하지만 이해할 수 없는 존재였다. 아마도 그 무렵부터 나는 아들 앞에서 괜히 웃고, 괜히 무슨 말이든 붙여보려고 애썼던 것 같다.

미국의 시인 월리스 스티븐스는 이렇게 말했다.
"아들의 삶은 아버지의 삶에 대한 처벌이다."
나는 이 문장을 항상 가슴에 품고 다닌다. 삶의 선택 앞에서 방향을 정하지 못할 때마다 이 말을 꺼내 손에 쥔다. 나의 삶이 나로 끝나지 않는다는 사실, 나의 언행과 선택이 자식과 연결돼 있다는 두려움을 상기하기 위해서다.

서로 연결되어 있다는 말은 따뜻한 말이지만, 동시에 무거운 말이다. 그것은 자유만큼이나 책임을 요구한다. 어떤 연결은 합일이 아니라 시간을 두고 전달된다는 뜻을 갖는다. 배낭의 물건이 옮겨가듯 삶의 무게도 그렇게 다음 세대로 넘어간다. 연결되어 있다는 것은 축복이다. 축복에는 언제나 그만큼의 두려움이 따른다. ○

거절할
권리

내가 당신을 무심하게 대했다면, 그 이유는 분명 나에게 있다. 당신의 감정을 감당할 여유가 없었거나, 피로가 마음의 문턱을 낮추지 못했거나, 나를 개방할 준비가 되지 않았기 때문일 것이다. 그것은 당신의 결핍이나 책임이 아니라 나의 상태에 관한 문제다. 그러므로 당신은 전혀 상처받을 이유가 없다. 진심을 받아들일 수 없으면서도 친절한 척하는 것보다, 지금의 거절이 더 정직하다고 나는 믿는다. 이것은 당신이 감정과 시간을 덜 소모하기를 바라는 나의 배려이고 예의다.

관계는 언제나 즉각적으로 닿는 것만을 요구하지 않는다. 아직 닿지 않았다는 사실 역시 관계의 일부일 수 있다. 서둘러 의미를 규정하지 않고, 상대가 스스로 말할 때까지 기다리는 태도는 회피가 아니라 일종의 존중일 수도 있다. 모든 침묵이 무관심을 뜻하지는 않는다. 오히려 타인의 시간을 침범하지 않겠다는 배려와 선택일 수도 있다.

사람은 누구나 불완전하고 불안정하다. 까닭에 사랑은 언제나 위험을 동반한다. 그런데도 누군가에게 마음을 건네는 사람은 실패자가 아니다. 관계에 자격증이란 게 있다면, 끝내 상처받지 않은 사람에게 주어질 것이 아니라, 상처를 감수하고도 사랑을 시도한 사람에게 주어져야 한다. 나는 당신을 부러워한다. 사랑을 말할 수 있었던 용기를, 다가올 수 있었던 진심을. 그렇듯 나는 나의 거절을 미안해하지 않는다. 그것이 내가 내보일 수 있는 가장 정직한 진실이기 때문이다. 거절은 감정의 문제가 아니라 정확한 의사 표현의 문제다.

당신은 사랑할 자격이 있다. 동시에 나는 거절할 권리가 있다. 이 두 문장은 서로 부정되지 않는다. 거절은 무례도 아니고 경멸도 아니다. 그것은 관계를 망치는 행위가 아니라 관계를 왜 곡하지 않기 위한 선택이다. 승낙과 마찬가지로 거절 역시 하나의 명확한 의사표현이다. 잘못은 누구에게도 없다. 이것은 인격의 결함이 아니라 살기 위한 인간의 권리다. ❨

초콜릿
행복론

나는 복잡성보다 단순성을 선호한다. 식당을 가더라도 여러 메뉴가 있는 음식점보다 한 가지를 전문적으로 잘하는 음식점에 가는 편이다. 이런 취향의 단순성은 내 삶 여기저기에 나타난다.

나는 초콜릿을 무척 좋아한다. 먹으면 기분이 좋아진다. 그뿐, 나는 초콜릿의 계보나 제조 방식에 관심이 없다. 어느 지역의 코코아로 만들었는지, 어떤 제조공정을 거쳤는지 알면 더 깊은 맛을 느낄 수 있다는 것쯤은 나도 안다. 그러나 그 깊이를 얻기 위해 선택의 자유가 좁아지는 것을 원치 않는다. 많이 아는 기쁨보다, 아무 때나 먹을 수 있는 기쁨을 나는 더 중요하게 여긴다.

행복은 종종 전문성과 오해된다. 더 많이 알고, 더 정확히 구분하고, 더 까다롭게 선택할수록 삶이 고급스러워진다고 떠든다. 그런데 그렇게 획득한 행복은 대개 조건이 붙는다. 준비가 되어야 하고, 상황이 맞아야 하고, 자격이 필요하다. 나는 그런 정제된 행복보다 준비 없이 도착하는 기쁨을 선호한다. 게으를 수 있고, 무지해도 되고, 권태로운 상태에서도 허락되는 행복.

행복이란 '다른 삶을 상상하지 않는 상태'라는 말이 있다. 나는 이 말을 신뢰한다. 여기가 아니라 저기에, 지금이 아니라 나중에, 지금의 내가 아니라 다른 내가 되어야만 행복할 거라는 믿음은 슬프다. 지금 나의 자리, 나의 취향, 나의 지식 정도의 이해력으로도 충분하다. 초콜릿 한 조각만으로도 기뻐하는 나를 수정할 이유가 없다.

행복은 축적의 문제가 아니다. 얼마나 많이 가졌는지가 아니라, 내가 열쇠를 쥐고 있는가의 문제다. 창고에 얼마나 비축하고 있는지는 중요하지 않다. 중요한 것은 내가 그 창고의 열쇠를 가지고 있는가의 여부다. 먹고 싶을 때 언제라도 초콜릿을 꺼낼 수 있는 권리, 기뻐하고 싶을 때 언제라도 기뻐할 수 있는 자유. 그 소박한 선택의 권한이 주인으로 사는 삶을 지탱한다.

나는 이 글을 쓰며 초콜릿 한 조각을 입안에 넣는다. 글이 매끄럽게 풀린다. 어떤 행복에는 이유가 없다. 다만 가능하기 때문이다. 그것이면 충분하다. ☾

철학자와
늑대

고양이나 강아지가 아니라 늑대와 함께 11년을 산 철학자가 있다. 그는 그 경험을 《철학자와 늑대》라는 책으로 남겼다. 책에는 "본질에 앞서는 것은 실존이다"라는 문장이 반복해서 나온다. 늑대의 본질은 야생이다. 우리에 갇혀 살 수 없는 동물, 자유롭게 사냥하고 이동하며 살아가는 존재. 그러나 이 늑대는 우연히 인간의 영역에 들어왔고, 인간과의 동거가 그의 실존이 되었다.

야생이 아닌 삶은 늑대에게 제약과 불편을 초래한다. 그래도 늑대는 그곳에서 도망치지 않았고, 자신에게 주어진 삶을 살았다. 늑대는 본질을 고집하지 않고 실존을 선택했다. 더 정확히 말하면, 선택했다기보다 주어진 오늘을 외면하지 않았다. 인간의 옆자리라는 불완전한 조건 속에서도 지금 이 순간을 살아내는 것이 최선이라는 사실을 늑대는 알고 있었다.

인간의 오늘은 거의 어제의 반복이다. 아침은 늘 같은 시각에 오고, 일상은 새로울 것이 없다. 그래서 오늘을 내일의 삶을 위한 예비 단계쯤으로 취급한다. 건성으로 대하고 미루고 유예한다. 반면 철학자가 관찰한 늑대는 달랐다. 밤이 물러가고 해가 뜨면, 늑대는 오늘도 해를 맞이했다는 사실 하나만으로 기뻐했다. 살아있다는 감각에 몸을 맡기며 날뛰었다. 그 모습을 보며 철학자는 묻는다. 인간은 과연 늑대만큼 현재의 실존을 살고 있는가.

우리가 유인원에서 왔듯 개는 회색 늑대에서 왔다. 진화는 생존과 적응의 방식이었지, 더 행복한 존재로 나아가기 위한 선택은 아니었다. 인간은 지능을 얻었고, 언어와 문명을 만들었으며, 미래를 설계할 수 있게 되었다. 그러나 그 대가로 현재를 잃어버렸다. 우리는 언제나 더 나은 내일을 말하느라 오늘을 충분히 살지 않는다. 늑대의 삶이 인간보다 우월하다고 말할 수는 없을 것이다. 그렇다고 늑대의 삶이 인간보다 덜 행복하다고 말할 근거 또한 없다. 오늘을 사는 존재는 미래를 걱정하지 않는다. 조건이 갖춰지면, 상황이 좋아지면, 언젠가라는 말을 하지 않는다. 지금 숨 쉬고, 지금 걷고, 지금 햇볕을 쬔다.

오늘을 산다는 것은 대단한 결심이 아니다. 미래를 포기하겠다는 선언도 아니다. 다만 지금 이 순간을 임시 거처로 여기지 않는 태도다. 늑대가 그랬듯 불완전한 자리에서도 오늘을 살아내는 것. 어쩌면 우리가 다시 배워야 할 삶의 방식은, 아주 오래전 인간의 옆자리에 조용히 앉아 있던 늑대가 이미 알고 있었는지도 모른다. ☾

사람
욕심

무던한 사람이었으면 하고 바란다. 너무 예민하게 굴면 피곤하니까. 지내고 보니 무던한 게 아니라 둔감한 거였다. 이번에는 세심한 사람이었으면 하고 바란다. 너무 무심하면 외로우니까. 지내고 보니 세심한 게 아니라 예민한 거였다. 이번에는 다시, 무던할 때는 무던하고 세심할 때는 세심했으면 좋겠다고 바란다. 어지간한 실수를 해도 무던하게 넘어가 주고, 말하지 않아도 알아서 척척 세심하게 챙겨주는 사람이면 좋겠다고 바란다.

우리는 모두 이미 한 남자와 한 여자의 반반씩으로 섞여 있다. 있는 반반씩은 눈에 들어오지 않고, 없는 반반씩에 자꾸만 눈이 갈 뿐이다. 불행은 없는 것을 원할수록 가속된다. 솜처럼 따스하고 부드러운 사람이 있고, 칼처럼 단호하고 줏대 있는 사람이 있고, 송곳처럼 정확하고 섬세한 사람이 있다. 그러나 어느 때는 솜이 되고, 어느 때는 칼이 되고, 어느 때는 송곳이 되는 완벽한 사람은 없다. 욕심 중에서도 가장 나쁜 욕심이 사람 욕심이다. 사람 욕심은 나와 상대를 다 불행하게 만든다.

바라는 것은 바랐으므로 이루어지는 게 아니라, 행동했으므로 이루어진다. 사람들이 흔히 원하면 이루어진다고 착각하지만, 간절히 원하고 바라는 것 중에서도 반드시 행동으로 옮긴 것만 이루어진다. 욕심부린다고 얻어지는 것은 아무것도 없다. 오히려 욕심 때문에 더 많이 잃는다. 설령 당신이 자신이 원하는 완벽한 사람을 찾아냈다 해도, 그 완벽한 사람이 당신처럼 욕심 많고 몽상에 빠진 사람을 좋아할지는 미지수다.

세상의 이치는 오묘하다. 희박한 확률에 투기하고 낭비하며 살지 말라고, 모든 사람에게 매일 딱 하루치의 시간을 분배한다. 그래서 보통의 삶에는 폭등도, 폭락도 없다. 매일 하루씩만

상승한다. 매일 하루치의 해가 뜨고 저문다. 내일도 오늘처럼 해가 뜰 거라는 믿음, 그리고 해가 뜬 오늘을 행운이라 여기는 마음. 행복은 별 게 아니다.

사람 욕심을 덜면 삶은 한결 수월해진다. 바라지 말고 바라는 대로 살 것. 바라는 대로 살아지지 않으면, 바라지 말고 살 것. 이 쉬운 걸 욕심이 자꾸 어렵게 만든다. ●

원자의
기분

우주의 법칙은 장소에 따라 달라지지 않는다. 지상과 천상은 같은 원리로 움직인다. 정지한 물체는 정지를 유지하려 하고, 움직이는 물체는 같은 방향과 같은 속도로 움직이려 한다. 그래서 가장 자연스러운 상태는 멈춤이 아니라 등속이다. 우리가 지구의 자전을 느끼지 못하는 이유도 여기에 있다. 지구는 빠르게 돌고 있지만, 그 속도가 일정하기 때문이다. 변화가 없을 때, 우리는 운동을 인식하지 못한다. 운동은 오직 힘이 작용할 때 드러난다. 힘은 혼자서는 생기지 않는다. 힘이란 곧 관계다.

나는 이 말을 이렇게 이해한다. 우주가 성립하기 위한 최소 조건은 '둘'이라는 사실로. 당신과 나, 그 사이의 거리와 긴장과 방향. 그 관계가 만들어내는 미세한 작용이 내가 살아있다고 느끼게 하는 모든 감각의 근원이라는 뜻으로. 그러므로 당신은 내가 만질 수 있는 가장 작은 우주다. 내가 확인할 수 있는 세계의 증거다. 당신이 없으면 나는 정지한 물체처럼 아무 방향도, 아무 속도도 갖지 못한다.

원자에도 기분이 있다면, 그 기분은 상호작용의 결과일 것이다. 고립된 원자는 감정을 갖지 않는다. 만났을 때, 영향을 주고받을 때, 에너지가 교환될 때, 비로소 상태가 변한다. 그렇다면 당신의 기분은 나의 상태를 바꾸는 힘이다. 당신의 평온은 우주의 평온이고, 당신의 불안은 우주의 미세한 균열이다.

그래서 나는 당신의 기분을 살핀다. 배려라기보다 이것은 물리학이 내게 지시하는 일이다. 관계가 어그러질 때 우주는 소음을 낸다. 나는 우주에 가본 적은 없지만, 오늘 우주의 상태가 어떤지는 안다. 당신이 나에게 작용하고 있기 때문이다. 당신은 나의 창문이고 통로다. 내가 세계와 접속하는 방식이다. 당신이 없다면 낮과 밤은 구분을 잃고, 계절은 이름을 잃는다. 의

미는 발생하지 않는다. 의미란 언제나 둘 사이에서만 생성되
는 은유다. 당신에게 루미의 시를 바친다.

봄의 정원으로 오라.
이곳에 꽃과 술과 촛불이 있으니.
만일 당신이 오지 않는다면
이것들이 무슨 의미가 있겠는가.

그리고 만일 당신이 온다면
이것들이 또한 무슨 의미가 있겠는가.

_ 잘랄루딘 루미, 〈봄의 정원으로 오라〉 ❱

나이 타령 금지

처음 만난 사이에 나이를 물어오면 나는 불편하다. 나이로 대화의 물꼬를 트려는 것처럼 보이지만, 실은 대화 이전에 질서를 세우려는 의도가 깔려 있다. 나이 교환이 끝나는 순간, 말을 어떻게 해야 할지, 웃어도 되는지, 무엇을 조심해야 할지가 자동으로 정리된다. 나이 타령은 상대에 대한 호기심을 가장하지만, 숨겨진 목적은 정리와 안심이다. 관계를 탐색하기보다 관계를 배치하려는 욕망을 깔고 있다.

나이는 가장 손쉬운 분류 기준이다. 노력도 필요 없고 설명도 필요 없다. 숫자 하나면 충분하다. 그 숫자는 곧 서열이 되고, 서열은 힘의 방향을 결정한다. 누가 말의 주도권을 가질지, 누가 메뉴를 정할지, 누구의 잔을 먼저 채워야 하는지. 나이를 묻는 문화는 갈등을 줄이는 대신, 사고를 멎게 한다. 이해하거나 판단하지 않아도 문제가 없게 만들어주기 때문이다.

나이 문화가 강한 사회일수록 개인은 관계 속에서 자신으로 존재하기보다 '위치'로 존재한다. 나보다 어린 사람 앞에서는 윗사람이 되고, 나보다 나이 든 사람 앞에서는 아랫사람이 된다. 이렇게 우리는 하루에도 여러 번 나이를 갈아입으며 산다. 그 과정에서 취향은 사라지고, 의견은 둔해지며, 과묵은 미덕이 된다. 나이의 숫자가 인격을 대체한다.

나이 타령의 밑바닥에는 대충 넘어가려는 건성의 태도가 있다. 상대를 제대로 알아가려는 과정의 성의가 시간 낭비로 받아들여진다. 그래서 가장 빠른 정보 하나로 상대를 생략하고 판단해버린다. 나이를 알면 그 사람의 세계를 다 알지 않아도 되는 것처럼 행동할 수 있기 때문이다. 이는 관계에 대한 조급함이 아니라, 관계에 대한 회피에 가깝다. 서열은 관계를 안정시키는 듯 보이지만, 아주 얕게 유지된다. 서열 관계에서는 사고가 줄어들고, 질문이 사라진다. 어떻게 생각하세요? 대신 그렇겠네요!가 먼저 나온다. 비판은커녕 의견은 없고, 빠른 동의와 인정만 남는다. 세상은 변하는데, 나이는 여전히 구태를 답습하며 꼴사납게 군다.

나는 나이를 묻지 않는 관계에서 더 많은 긴장을 느낀다. 그 긴장은 호기심을 자극한다. 어떻게 불러야 할지, 어디까지 말해도 되는지, 매번 새로 가늠하게 된다. 그 긴장된 관계 속에서 나는 한 인격체로 존재감을 드러낸다. 나이라는 숫자가 무의미해지면, 삶의 깊이와 언행의 무게로 존중받고, 예우하게 된다.

우리 사회는 '나이 내려놓기 연습'이 절실하게 필요하다. 나이 타령 없이도 관계가 성립할 수 있고, 서열 없이도 존중이 가능하다. 그런 믿음을 갖는 일이 일종의 '나이 내려놓기' 실천이다. 나이 타령을 멈추면 이제 진짜 질문이 시작된다. 무엇을 좋아하는가, 그것을 어떻게 생각하는가, 요즘 관심사가 무엇인가. 그런 질문들은 빠르진 않지만, 관계가 발효할수록 풍미를 더한다. 나이는 관계를 납작 엎드리게 하지만, 서열이 제거된 질문들은 관계의 서사를 흥미진진하게 엮어간다. ❭

가족,
아주 오래된 질문

친구가 술을 끊었다고 말했다. 금주 사유가 뭉클했다. 밤늦게 걸려오는 어머니의 전화를 못 받을까 봐, 보호자를 찾는 병원의 전화를 놓칠까 봐 끊어야 했다고. 시골에 계신 연로한 어머니가 넘어지거나 앓아눕는 일이 종종 생기는데, 만에 하나 술에 취해 그 다급한 전화를 놓친다면, 죄책감을 평생 안고 살아가야 하지 않겠느냐고. 언제든 바로 깰 수 있게 맨정신으로 잠들어야 한다고 친구가 눈시울 붉히며 말했다.

나는 세상에서 가장 질기고 가장 강력한 가족이라는 중력을 떠올렸다. 가족은 물리적으로 떨어져 살아도, 자주 보지 않아도 다른 어떤 관계보다 쉽게 끊어낼 수 없는 운명으로 결박돼 있다. 가족은 모순적인 공동체다. 독립적인 존재들이면서 완전히 분리될 수도 없다. 부모와 자식은 각자의 삶을 살아야 하지만, 어느 한쪽이 무너지면 다른 쪽도 심각한 영향을 받는다. 가장 사적인 집단이면서 동시에 가장 비자발적인 관계의 집합체다. 선택하지 않았지만, 쉽게 책임에서 벗어날 수도 없다.

흔히 가족을 행복의 근원지로 삼는다. 서로 보호받고 이해받고 사랑받는 관계의 출발지. 실제로 가족은 많은 이들에게 삶의 기반이 된다. 그러나 동시에 가족은 가장 무거운 감정의 진원이기도 하다. 기대와 실망, 사랑과 통제, 책임과 죄책감이 뒤엉키며 개인의 삶을 옥죄기도 한다. 가족이라는 이름으로 감내해야 할 중력은 다른 어떤 관계보다 깊고 무겁다.

시대에 따라 가족의 형태도 달라진다. 혈연이 아니더라도 함께 돌보고, 아플 때 곁에 있고, 위급할 때 전화를 대신 받는 관계들이 생겨났다. 법적 이름보다 실제 삶의 연결이 더 촘촘한 관계들. 이 변화는 가족의 본질과 범위를 새롭게 묻는다. 가족이란 혈연인가, 함께 보낸 시간인가, 같이 쓰는 공간인가.

친구가 술을 끊은 이유는 혈연 때문만은 아닐 것이다. 누군가
와 연결되어 있다는 유대감, 그 연결을 끝까지 놓지 않겠다는
결연함. 어쩌면 가족이라는 이름보다 중요한 것은 연결에 대
한 책임이다. 언제든 응답할 준비가 되어 있는 마음, 존재의 취
약함을 외면하지 않겠다는 결심. 가족 누군가의 밤늦은 전화
가 두려워지는 이유도 여기에 있다. 그것은 단순한 불안이 아
니라 내가 아직 누군가의 삶에 깊이 개입돼 있다는 자각 때문
이다.

가족이라는 관계는 여전히 가장 오래된 물음이고, 인생 과제
다. 독립과 의존, 자유와 책임 사이에서 어디가 균형점인가를
끊임없이 물어온다. 사람으로 살면서 어떤 연결을 끝까지 버
티고 책임질 것인가에 대한 묵직한 질문이 가족에 담겨 있다.
가족으로 산다는 것은 참 심상찮고 돌이킬 수 없고 숭고하고
애틋한 일이다. ❭

행복
연습

모처럼 헬스클럽에 갔다. 러닝머신 위에서 가볍게 뛰고 있는데, 옆에서 찰랑찰랑 머릿결을 날리며 달리는 소리가 들렸다. 앳된 여성이었다. 나는 곧장 나 자신을 눌렀다. 경쟁하지 말자. 이건 운동이지 승부가 아니다. 숨을 고르며 느긋하게 달렸다.

오 분쯤 지났을까. 내가 속도를 올리자, 그녀도 동시에 레벨을 높였다. 우연이겠지 싶어 다시 한 단계 올렸다. 그러자 그녀의 속도도 더 빨라졌다. 그 순간 깨달았다. 경쟁은 누군가가 도발해서 시작되는 게 아니라, 내가 그것을 도발로 해석하는 순간 시작된다는 사실을. 이미 나는 그녀와 겨루고 있었다.

이상한 일이다. 우리는 아무런 관계도 없는 사람을 상대로 쉽게 속도를 높인다. 모르는 타인의 호흡에 내 호흡을 맞춘다. 목적도 없고 결승선도 없는 달리기에서, 지고 싶지 않다는 감정 하나만으로 몸을 몰아붙인다. 러닝머신 위에서 나는 심폐 기능이 아니라 자존심을 단련하고 있었다.

경쟁심은 종종 습관처럼 발동된다. 누가 더 빨리, 누가 더 높이, 누가 더 많이 차지하는지. 그렇게 우리는 누군가와 자신을 나란히 놓고 측정하려 든다. 그러나 비교는 가장 부정확한 측정 방식이다. 각자의 몸이 다르고, 그날의 컨디션이 다르고, 지향하는 목적이 다른데도, 우리는 같은 숫자 앞에 서서 스스로를 평가한다.

나는 그녀를 따라잡지 못하고 스톱 버튼을 눌렀다. 러닝머신에서 내려서는 순간 다리가 후들거렸고, 분노와 수치심이 동시에 밀려왔다. 나중에 알게 되었다. 그녀는 새로 온 헬스트레이너였다. 그녀는 아무 의도도 없이 자신의 리듬을 유지하고 있었을 뿐이다. 끝까지 경쟁하고 있었던 사람은 나 혼자였다. 상대는 없었고, 비교만 있었다.

우리는 비교를 통해 성장한다고 믿지만, 사실 비교는 성장을 자주 방해한다. 비교는 기준을 바깥에 두게 만든다. 내 몸의 신호가 아니라 타인의 속도에 귀를 기울이게 한다. 그러다 보면 어느 순간부터 삶은 평가의 대상이 된다. 어디를 향해 뛰고 있는지가 아니라, 남보다 얼마나 잘하고 있는지를 확인하게 된다. 나의 속도로 산다는 것은 느리게 산다는 말이 아니다. 나의 리듬을 존중한다는 뜻이다.

행복은 이겨서 쟁취하는 게 아니라 나를 소모하지 않는 데 있다. 누군가를 앞서기 위해 발버둥을 치는 대신, 뒤처지더라도 나를 부축해서 끝까지 오늘로 데려오는 일. 그 누구와도 비교하지 않고, 그 누구와도 겨루지 않는 일. 나는 틈틈이 행복을 훈련한다. 내 페이스를 유지하면서도 불안 느끼지 않기. 뒷사람이 앞서면 바람막이라고 생각하기. 숨넘어가지 않게 호흡 고르기. ○

4부

마음의 오지

4부

마음의 오지

낯선 곳에서 혼자가 되어본 사람은 안다

투명해진다

낯선 곳에서 혼자가 되어본 사람은 안다

투명해진다

여는 글

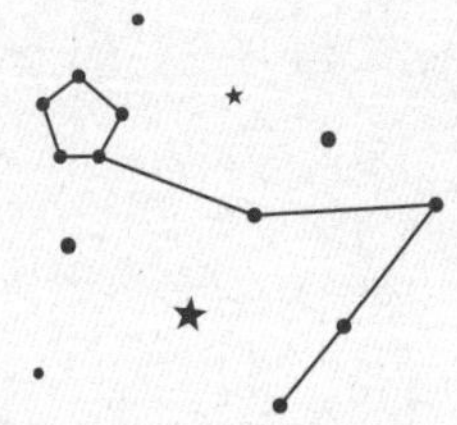

관계는 어디에서 시작되는가? 인간관계를 물리학으로 해석하려는 시도는 필연적으로 이 질문을 거쳐야 한다. 타인과의 관계는 외부의 사건처럼 보이지만, 사실 내면에서 먼저 발생한다. 사람은 흔히 자신을 단일한 정체성으로 착각하지만, 자기라는 존재는 실제로는 여러 상태가 공존하는 내면적 중첩 상태에 가깝다. 즉 나는 고정된 입자가 아니라 가능성의 파동인 셈이다.

내가 나를 어떻게 바라보는가가 세상을 바라보는 방식을 결정한다. 이는 양자역학 측면에서 일리 있는 말이다. 양자 얽힘 이라는 개념은 두 입자가 멀리 떨어져 있어도 즉각 영향을 주고받고 연결되는 상태를 말한다. 흥미롭게도 인간의 내면에서 이와 유사한 현상이 발견된다. 과거의 상처는 현재의 판단에 얽히고, 과거의 선택은 미래의 불안을 자극한다. 내면에서는 과거, 현재, 미래가 분리되지 않고 하나로 얽혀 있다.

상대성이론에 의하면 시간은 동일하게 흐르지 않는다. 심리 세계에서도 시간은 동일하게 흐르지 않는다. 불안 속의 시간은 지나치게 느려지고, 애착 속의 시간은 과도하게 빠르며, 상실 속의 시간은 정지된 것처럼 느껴진다. 우리가 너무 빨리 지치고 이유 없이 멀어지는 순간들에는 이 내면의 상대론적 시간이 작동한다. 관계를 이해하려면 서로의 시간과 그 시간의 속도를 먼저 이해해야 한다.

사람은 누구나 고유한 내면의 오지를 갖고 있다. 물리학에서 모든 물체는 고립되어 존재할 때조차 자체적인 파장을 형성한다. 사람도 물리 법칙에 따라 자기 내부에 자기장을 형성한다. 그것은 장소이기도 하고 에너지의 분출구이기도 하다. 그곳이 오지인 이유는 시선이 늘 외부로 향해 있어 잘 둘러보지도, 돌보지도 못한 채 방치되기 때문이다. 관계가 흔들릴 때 우리는 상대를 먼저 의심한다. 하지만 실제로 관계의 평화는 나 자신의 내구성에 더 크게 좌우된다. 불안정한 내부구조는 외부 충격이 없더라도 자체적으로 붕괴한다. 자기 내면이 안정되지 않으면 작은 갈등에도 관계는 쉽게 무너진다.

사람은 자신과 대화하는 존재다. 이 대화는 작용과 반작용의 자기 순환 과정이다. 나를 향한 나의 비난은 자기 불신을 만들고, 나를 향한 나의 이해는 자기 회복력을 만든다. 관계를 직시하려고 할 때, 가장 먼저 분석해야 할 대상은 타인이 아니라 나 자신이다. 인간은 관계 속에서 누군가에게 끌리고 멀어지고 상처받고 회복한다. 그 모든 현상은 자기 내부에서 발생하는 물리 법칙 속에서 일어난다. 관계의 물리학은 곧 내가 나를 어떻게 다루는가에서 출발한다. ★

삶의
최전선

나란히 걷던 동행자가 내게 말했다.

"여행에는 좋은 점이 있어요. 내가 다 잘하지 않아도 돼요. 또 내가 가지지 않아도 돼요."

나는 걸음을 멈추고 그의 다음 말을 기다렸다. 그도 잠시 걸음을 멈췄다. 미소를 머금은 얼굴이 평온해 보였다.

"그곳에 가서 만나면 되고, 그곳에 가서 감탄하면 되니까요."

나는 가만가만 그의 말에 수긍하며 걸었다.

삶의 미덕은 한결같은 일상성에 있다. 카프카의 말처럼 우리가 가진 유일한 인생은 '일상'뿐이다. 그렇지만 반복되는 삶의 고유성은 때때로 자아를 단조롭게 요약해버린다. 시간의 수레바퀴는 한 존재가 생략되어도 모르고 지나간다. 일상생활이라는 인간 조건에 반항해보고 싶을 때, 나는 지금의 페이지에 책갈피를 꽂아두고 일어선다. 여기의 자리에 가름끈을 넣어두고 짐을 꾸린다.

그곳에 가면 내가 다다르지 못한 최고의 경지가 있다. 내가 가지지 못한 오랜 숙련의 솜씨가 전시돼 있다. 내가 다 잘할 필요가 없다는 위안도 그곳에 있다. 그곳에 가면 국수 가락을 그토록 섬세하게 뽑아내는 사람이 있고, 삼나무를 잘라 나무젓가락 한 짝을 그토록 미려하게 깎아내는 사람이 있다. 나는 장인들에게 마음에서 우러난 존경과 찬사를 올린다. 그럼으로써 그들이 쏟은 인고의 시간을 인정하고, 내가 머물러 있는 자리를 확인하고, 평범한 나의 일상을 수용한다.

여행은 평범한 것이 가장 특별한 것이라는 사실을 알려준다. 대를 이어 면을 뽑아내는 지속성은 일생 내내 밥을 짓던 어머니의 헌신과 연결된다. 그것은 평범하지만 숭고하고, 묵묵하지만 찬란하다. 자기 자리에서 자신의 소임대로, 자신의 빛깔대로 꽃을 피워낸다. 누군가가 내게 없는 무언가를 가지고 있다면, 그에게 가면 된다. 그가 갖지 못한 것이 내게 있다면, 기꺼이 내주면 된다. 우리는 누구나 자기 삶의 숙련공이고 장인이다. 평범하되 한결같이 오래 반복해서 비범하다.

일상은 언제나 삶의 최전선이다. 익숙한 것은 무심히 스쳐 지나가고, 낯선 것은 도드라져 눈에 박힌다. 우리가 여행을 떠나는 이유는 낯선 것들에 대한 설렘과 동경 때문이다. 그러나 여행자들에게 감탄을 자아내는 경이로운 장관도 그곳의 그들에겐 심드렁한 풍경에 지나지 않는다. 나의 일상을 벗어나 다른 누군가의 일상을 찾아가는 모험, 그 익숙한 낯섦의 반복을 인생이라고 한다. (

자존에
대하여

그 사람이 사는 시골집 마당에 우물이 있었다. 나는 말했다. 우물이 당신 삶의 은유였으면 좋겠다고. 깊은 우물은 가문 날에도 마르지 않는다. 장마가 져도 넘치는 일이 없다. 깊은 우물은 깊이로 변수를 조율한다. 상황에 따라 수위를 낮추고 높일 뿐, 정갈한 물을 담아내는 우물의 본령을 잊지 않는다.

깊은 우물이 마르지 않듯, 무게중심이 낮은 물체는 쉽게 넘어지지 않는다. 자존을 흔드는 바람은 친근한 표정으로 언제든 불어온다. 그 앞에서 버티게 하는 무게중심은 내 안에 있다. 타인의 시선이 아니라 내가 감당해 온 삶의 무게로 버틴다. 도망치지 않고 부끄러움을 견딘 날들, 더 마음이 닿는 쪽으로 선택한 순간들. 그 층층이 쌓인 시간이 내 무게중심을 낮춘다.

존재의 조건은 척박하다. 내가 가진 능력의 한계, 내가 져야 할 책임의 범위, 내가 가질 수 있는 사랑의 크기. 이 현실의 조건을 회피하지 않을수록 중심은 깊이 박힌다. 자존은 자신을 높이 평가한다고 얻어지는 게 아니다. 자신을 정직하게 받아들이는 데서 생긴다. 그렇게 무게중심이 낮은 사람은 흔들리되 부서지지 않고, 밀리되 쓰러지지 않는다. 이미 단단히 실존에 뿌리를 내렸기 때문이다.

참된 사람은 우물과 같다. 더러 원치 않은 관계가 흔들어도 휩쓸리지 않는다. 누군가 허황하게 치켜세우고, 뒤에서 조롱하더라도 자존의 높이는 변함이 없다. 누가 어떤 차별을 가하건 내가 가진 가치는 변함이 없다. 내가 나의 유일한 원본이니까. ❮

너무나
모순적인

우리는 대개 좋은 사람이 되고 싶어 한다. 다정하고, 정의롭고, 타인에게 상처를 주지 않는 사람. 그런 바람과 달리 인간은 언제나 야누스적인 충동을 품고 산다. 선을 지향하면서도 악을 상상하고, 절제를 말하면서도 욕망에 이끌린다. 마음속에는 늘 서로 다른 방향의 힘이 동시에 존재한다.

이를테면 이런 순간들이다. 함께하는 자리에서 누군가의 말이 명백히 불공정하다고 느껴질 때, 손을 저으며 반박하고 싶어진다. 동시에 분위기를 깨고 싶지 않아 참는다. 친구의 성공을 진심으로 축하하면서도, 비교하고 질투하는 감정이 언뜻 스쳐 지나간다. 애써 웃음 지으며 건네는 말 뒤에 말하지 않은 불편한 내가 남아 있다. '이쪽의 나'와 '저쪽의 나' 사이에서 더 나아 보이는 나를, 자신이라고 믿으며 선택할 뿐이다. 짐짓 모른 척하지만, 선택받지 못한 내가 분명 내 안에 도사리고 있다.

헤르만 헤세의 《데미안》은 바로 이 지점에서 이야기를 시작한다. 인간은 선으로만 이루어진 존재가 아니며, 그렇다고 악으로만 환원될 수도 없다. 이 소설은 착하게 살아야 한다는 도덕적 명제보다, 있는 그대로의 인간을 이해할 수 있는가라는 질문에 가까이 다가서 있다.

싱클레어는 밝은 세계와 어두운 세계 사이에서 방황한다. 그는 선한 사람으로 남고 싶어 하지만, 동시에 금지된 세계에 대한 호기심과 충동을 떨쳐내지 못한다. 데미안이 건네는 질문은 단순하다. 왜 어둠을 부정하는가. 왜 인간의 일부를 죄악으로 밀어내는가. 선과 악은 서로를 부정하는 개념이 아니라 인간 안에서 함께 숨 쉬는 힘이다. 이 진실 앞에서, 싱클레어의 '착하고 좋은 사람'이라는 이상은 흔들리기 시작한다.

흔히 우리는 '착함'을 인성의 기준으로 삼는다. 다정하고, 흔들리지 않고, 시기하지 않는 사람. 그러나 완전히 선한 인간은 현실이 아니라 개념 속에만 존재한다. 욕망 없는 삶, 비교하지 않는 마음, 흔들리지 않는 의지는 인간의 본성과 어긋난다. 인간은 늘 결핍을 느끼고, 타인과 자신을 견주며, 그때마다 마음이 흔들리는 모순투성이의 존재다. 문제는 어둠이 있다는 사실이 아니라, 그 어둠을 회피하려는 마음에 있다. 억눌린 욕망은 비틀려 돌아오고, 부정된 감정은 불현듯 타인을 향한 공격성으로 변하기도 한다.

《데미안》이 말하는 성장은 선해지는 과정이 아니다. 그것은 전체가 되어가는 과정에 가깝다. 자기 안의 불안과 불편을 인정하고, 스스로의 모순을 견디는 힘을 기르는 일. 아브락사스는 선과 악을 동시에 품은 신이다. 이는 윤리의 부정이 아니라 인간에 대한 더 정확한 이해를 의미한다. 인간은 완성된 존재가 될 수 없다. 다만 완성해가는 존재일 뿐이다.

우리는 매번 흔들리고, 잘못 판단하며, 스스로에게 실망한다. 그렇지만 다시 자신을 돌아보고 삶을 다스리려 애쓴다. 오늘의 내가 어제보다 조금 더 나를 이해할 수 있다면, 그리고 그 이해만큼 나를 책임질 수 있다면, 그것으로 충분하다.

나는 '알을 깨고 나온다'는 말을 탄생의 은유라기보다 해체의 은유로 읽는다. 나를 보호해주던 단순한 해석의 껍질을 벗겨 내는 일. 선과 악이라는 얕은 구분, 좋은 사람이라는 단일한 이미지, 그 안에 숨었던 안온함으로부터 떠나는 일이 해체다. 인간은 순결해질수록 강해지는 존재가 아니다. 자신의 혼탁을 감당할수록 단단해지는 존재다. 삶은 정화되어야 할 것이 아니라 감당되어야 한다. 삶은 직선이 아니다. 어떻게든 모순을 끌어안고 시시포스처럼 자기 자신에게 되돌아가는 곡선이다. 구르며 부서질 수는 있어도 완전히 몰락하지는 않는다. 그래서 사람의 삶은 높고 시리다. 곡선은 아름답고 아슬하다. ☾

여행의
은유

푸른 설국이었다. 천국이 있다면 이런 풍경일지도 모른다. 이와이 슌지의 영화 〈러브레터〉 속 인물처럼, 두 손을 입에 모아 당신은 잘 지내느냐고 소리쳐 묻고 싶었다. 그러면 그 안부 위로 다시 눈이 쌓이고, 봄이 오면 내 말의 싹이 연둣빛으로 돋아날 것 같았다.

북해도 오타루에서 나는 말을 아꼈다. 두꺼운 눈 속에 자작나무는 묵상하듯 서 있었다. 폭설 앞에서 저항하지 않고, 그렇다고 무너지지도 않은 채 자신의 자리를 지키고 있었다. 눈은 나

무를 꺾지 못했고, 오히려 단단하게 조련했을 것이다. 견딘다
는 건 버티는 일이 아니라 주어진 조건을 온몸으로 겪어내는
일이다. 눈을 뒤집어쓴 자작나무 숲은 의연했다.

여행과 관계는 닮았다. 처음에는 새로움에 이끌리지만, 시간
이 지나면 다시 찾는 곳과 다시 떠올리는 사람이 생긴다. 어떤
만남은 설렘을 주고, 어떤 장소는 도착하는 순간 마음을 흔든
다. 그러나 기억에 오래 남는 것은 흥분이 아니라 그 뒤에 찾아
오는 고요다. 낯섦이 걷힌 자리에 비로소 관계의 본질이 드러
난다.

우리가 여행길에 오르고, 사랑을 나누는 이유는 어쩌면 그 고
요에 닿기 위해서일지도 모른다. 언제나 거기에 머물 필요도,
언제나 곁에 둘 이유도 없다. 그곳에서 경험한 감정이 내 삶의
결을 건드렸다면, 그것으로 충분하다. 그래서 진짜 여행은 돌
아온 뒤에 시작된다. 풍경은 사라지지만 삶은 남는다. 설국의
고요는 일상의 소음 속에서 되살아나고, 자작나무 숲의 의지
는 관계가 흔들릴 때마다 나를 되돌아보게 만든다.

여행 같은 사람들이 있다. 함께 있는 시간보다 떨어져 있는 시

간에 더 또렷해지는 사람. 자주 보지 않아도 문득 엽서 같은 그리움으로 수신되는 사람. 그들은 내 안에 하나의 계절, 하나의 인연으로 남는다. 모든 만남이 지속을 목표로 할 필요는 없다. 단 한 번의 만남이지만 세상을 바라보는 나의 시선을 의식하게 했다면, 그것은 이미 완성된 관계에 가깝다.

여행은 바깥으로 향하는 일처럼 보이지만, 실은 안쪽으로 더 깊이 들어가는 일이다. 낯선 풍경들은 나를 알려준다. 내가 어디에서 걸음을 늦추고, 무엇 앞에서 눈길이 머물며, 어떤 순간에 불안을 느끼는지를. 여행을 끝내고 돌아오면 삶의 질문들이 나를 붙들어준다. 나는 어떤 리듬으로 살고 싶어 하는가. 나는 무엇을 덜어낼 때 자유로워지는가. 여행은 삶의 본질을 설명해주지는 않지만, 삶의 각도를 미세하게 조정해준다. 여행은 나의 시선을 재정렬하게 만든다. 다른 곳에 가 있는 나를, 나에게 되돌아오게 이끌어준다. 그것은 상실했던 기억을 되찾은 것처럼 눈물겹고 고마운 일이다. 나는 나를 환대한다. ●

그늘의
미학

한여름 오후의 햇빛은 따가웠다. 약속보다 일찍 카페에 도착해 느티나무 그늘이 있는 야외 벤치에 앉아 기다렸다. 달궈졌던 체온이 서서히 식어갔다. 몇 분쯤 지나자 자연스럽게 몸이 그늘에 적응했다. 숨이 편해졌다. 그제야 나처럼 데워져서 오고 있을 친구가 안쓰럽게 여겨졌다. 푸른 그늘 하나가 기다리는 일을 한결 수월하게 만들었다.

관계에도 그늘이 있어야 한다. 밝음만으로 관계가 유지되지 않는다. 서로가 쏘아대는 빛이 강할수록 금세 지치고 소진된다. 너무 밝은 빛은 오히려 서로를 바라보지 못하게 만든다. 좋은 관계는 상대에게 그늘을 내준다. 숨을 고를 수 있는 사이사이의 틈. 흔히 그늘을 '부정적인 공간'으로 생각한다. 그늘을 어둠과 동일시하기 때문이다. 그늘은 빛이 멈춘 자리에 생긴 고요의 시간이다. 그 고요는 때로 사물의 본질을 가장 또렷하게 드러낸다.

사람의 마음에도 그늘이 있다. 그곳은 감정을 숨기는 곳이 아니라 감정이 쉬어가는 의자다. 여름 한낮에 나무 그늘 속으로 자연스럽게 발걸음이 옮겨가듯이 감정도 빛이 너무 강할 때 그늘을 찾는다. 예기치 않은 부딪침과 불안이 있을 때, 지나친 기대와 압력이 쏟아져 들어올 때, 사람은 본능적으로 정서적 그늘을 찾는다. 그 공간에서 차분히 자신을 되찾고 감정을 추스른다.

슬픔이나 불안이 침범해오면 마음의 밝기가 일시적으로 낮아진다. 이를 흔히 '가라앉는다'고 표현한다. 이 침잠은 감정의 온도가 조절되는 과정이다. 그늘은 마음이 스스로를 보호하기 위해 잠시 빛을 차단한 결과로 생긴다. 그늘에서만 보이는 것이 있다. 빛이 강하면 강할수록 사물의 표면만 보인다. 그늘에 들어서면 주위의 소란과 내면의 혼란이 잦아드는 것처럼 느껴진다. 빛이 줄어들면 오히려 삶의 감각이 예민해진다.

하지만 모든 그늘이 안전한 것은 아니다. 빛에서 너무 오랫동안 멀어지면 그늘은 회복을 넘어 정체 구간으로 변한다. 적당한 정적은 휴식을 주지만, 지나친 고독은 방향 감각을 잃게 한다. 그늘에 오래 머무는 것과 그늘을 갖는 것은 다르다. 중요한 것은 그늘을 가질 줄 아는 능력이다. 원하는 때에 찾아갈 수 있고, 필요할 때 빠져나올 수 있는 내면의 안전지대.

당신에게도 작은 그늘 하나쯤 있기를 바란다. 그러면 밝은 면을 더 잘 볼 수 있다. 당신 자신을 더 잘 느낄 수 있다. 그늘 밖으로 나오거든 당신을 기다리는 사람에게 달려가 와락 껴안아라. 그러면 그 사람 몸으로 연둣빛 그늘 몇 자락이 옮겨갈 것이다. 그것은 갓 새로 태어난 그늘의 생기다. 그늘은 의외로 밝고 명랑해서 이리저리 잘 전염된다. ◗

마음의
오지

명징한 말이 있다. 돌아오기 위해 떠난다는 말. 흔한 문장 같지만 곱씹을수록 늠름하다. 돌아온다는 약속이 있기에 우리는 과감하게 떠날 수 있고, 의심 없이 기다릴 수 있다. 이 말은 결국 함께 있기 위해 혼자가 되겠다는 결연함의 표현이다.

낯선 곳에서 혼자가 되어본 사람은 안다. 투명해진다. 아침 공기는 차갑고, 숨을 들이쉴 때마다 공기 속 얼음 알갱이가 폐 안에서 바스락거린다. 주인장이 건네는 마유 한 잔이 몸을 데운다. 식도를 지날 때 순한 말들이 씹었을 건초 냄새가 훅 끼친다. 그 순간 잊고 있던 사실 하나가 분명해진다. 나는 지금 여기에 존재한다는 생생한 관능.

사람마다 돌아가고 싶지 않은 시간, 꺼내기 싫은 기억이 있다. 그 기억의 공간이 마음의 오지다. 내가 외면해온 땅, 그곳은 방치되어 무성하다. 가시덩굴이 가시나무를 감고 오르고, 모래바람은 그 숲을 쓸고 지나가며 핏자국 같은 흔적을 남긴다. 나는 메마른 와디를 따라 걸었다. 붉은 모래는 가시나무 숲으로 이어졌다. 갈증이 솟구쳐 물장수에게 물 한 잔을 얻었다. 그는 오래된 이야기를 들려주었다.

사막에 한 물장수가 있었다. 그는 샘물을 팔아 살았다. 어느 날 그는 야자수가 물을 너무 많이 먹는다고 생각했다. 야자수를 베면 더 많은 물을 팔 수 있으리라 믿었다. 야자수를 베자 샘은 말랐고, 물장수는 사막에서 죽었다. 지독하게 슬픈 이야기였다. 누구나 마음의 오지에는 야자수와 샘물이 있다. 그것을 지킬지 베어낼지는 오지의 주인에게 달려 있다. 상처를 없애려다 생의 근원을 말려버릴 수도 있다는 사실을, 그 이야기는 말하고 있었다.

사막에서 돌아왔을 때 옷소매에는 이글거리는 태양의 냄새가 남아 있었다. 신발을 벗어 붉은 모래를 털어내고, 나는 레모네이드를 주문해서 마셨다. 돌아보기 싫은 마음의 오지를 지나, 다시 일상으로 돌아왔다. 어디나 사막이지만, 어디에도 샘물은 있다. 나는 떠났고, 돌아왔고, 여기에 있다. 나는 자명하고 투명하다. ☽

자기 자신과
사귀는 법

철학자 스피노자는 인간을 욕망하는 존재가 아니라 '존재하려는 힘'이라고 보았다. 감정은 그 힘의 방향이 어긋날 때 생기는 마찰이다. 기쁨은 힘이 확장될 때 나타나고, 슬픔은 힘이 감소할 때 찾아온다. 그래서 자기 자신과 사귀는 일은 감정의 파고를 없애는 일이 아니라, 나의 힘이 어디에서 커지고 어디에서 줄어드는지를 관찰하는 일이다.

삶의 문제들은 대체로 일곱 가지의 조건에서 일어난다. 감정, 건강, 관계, 돈, 섹스, 배움, 영성. 이들은 분리되어 있지 않다.

감정이 무너지면 몸이 먼저 반응하고, 건강이 무너지면 관계가 틀어지며, 관계의 붕괴는 삶 전체의 기반을 흔든다. 그래서 감정을 돌보는 일은 사치가 아니라 기초다. 감정의 실패는 곧 삶의 상실로 이어진다.

의외로 많은 어른이 먹고사는 문제에 치여 자기 자신과 사귀는 법을 배우지 못했다. 어떤 감정을 밖으로 내보내야 하고, 어떤 감정을 보살펴야 하는지 잘 분별하지 못한다. 모든 감정을 억누르거나, 반대로 힘센 감정에 끌려다닌다. 감정이 주인이 되고, 사람은 감정의 하인이 된다.

감정 관리는 기술이 아니라 맞서는 용기에서 시작된다. 심연에서 일어나는 걱정과 불안, 상처와 후회를 외면하지 않는 응전. 삶에서 가장 아름다운 도전은 바깥이 아니라 자신의 안쪽으로 치고 들어가는 감행이다. 우리를 흔드는 것은 사건이 아니라 사건에 붙인 자신의 판단이다. 감정은 사태 그 자체가 아니라, 사태에 대한 해석의 결과물이다. 그러므로 감정을 다스린다는 것은 감정을 억누르는 일이 아니라 판단을 늦추는 일이다. '지금 느끼는 이것이 전부가 아닐 수 있다'는 여지를 남겨두는 일이다.

감정을 제거할 수는 없지만, 감정에 대한 이해를 늘릴 수는 있다. 이해가 늘어날수록 감정은 나를 지배하는 원인이 아니라, 나를 알려주는 신호가 된다. 내가 왜 이렇게 느끼는지 아는 만큼 덜 휘둘리게 된다. 우리는 감정의 협력자가 되어야 한다. 감정과 싸우지 않고, 감정에 항복하지 않으며, 그것이 생겨난 경로를 따라가 보는 동행. 그 이해가 쌓일수록 삶은 덜 요동치고, 더 다스려진다. 〉

보통의
어려움

도시는 흐리다. 황사와 미세먼지와 피로물질 입자가 공중에 떠다닌다. 몸에 달라붙은 음울한 기운을 떨쳐내려고 나는 지칠 때까지 달렸다. 과일가게에 들러 귤 한 봉지를 사서 집으로 돌아왔다. 손가락 끝이 노래질 때까지 귤을 까서 입안에 욱여넣었다. 깊은 갈증의 바닥까지 과즙을 흘려보냈다. 모자란 희망을 수혈하려는 듯이, 끝없는 삶의 의문을 해갈하려는 듯이.

그런 날이 있다. 귤 한 바구니를 다 까먹어도 후련해지지 않는 탁한 마음의 기후. 어떤 마음의 허기나 갈증은 누수의 위치를 몰라서 쉽게 수리되지 않는다. 무언가를 잘못 바라고 있거나, 너무 많이 바라고 있거나, 보내야 할 누군가를 놓지 못하고 있거나.

마음을 열면 또 다른 마음이 나온다. 마음은 문 안에 있고 문은 마음을 닫아걸고 있다. 다쳐서 닫힌 마음을 열고 들어설 때마다 절망스러워져서 울음이 터진다. 떠올리기 싫은 기억들, 도망치고 싶은 감정들, 잡히지 않는 희망들. 많은 걸 바라지 않는다. 대단한 걸 바라지도 않는다. 약간의 긍정과 약간의 열정과 약간의 욕망과 약간의 새로움이면 된다. 숨 쉴 수 있는 만큼만, 내가 나를 돌볼 수 있을 만큼만, 그러고도 남은 사랑이 있다면 아끼지 않고 타인에게 흘려보낼 정도의 선량함이면 된다. 그런데도 왜 나에게는 그것이 그토록 어려운가.

나는 알고 싶다. 그것마저도 허락하지 않아 내 안에 수많은 내가 생겨난 것인지, 내 안에 생겨난 내가 그것마저도 받아들이지 못하는 것인지. 긍정은 용서처럼 힘들다. 열정은 자주 주인을 배반한다. 욕망은 목줄을 풀어주면 헛된 희망을 물고 온다. 평범하기란 비범함 이상으로 어렵다.

겨울은 흐리고, 나는 또 귤을 까먹으며 희망한다. 보통으로 산다는 것은 내가 나를 마주하기 위한 나의 생활 리듬이다. 남들의 속도와 높이에서 내려와 내가 감당할 수 있는 보폭으로 하루를 건너가는 일. 특별해지지 않아도 괜찮다는 허용을 스스로 건네는 일이다. 삶은 더 멀리 가서가 아니라 욕망을 덜어내는 순간에 비로소 숨을 돌린다.

보통의 삶은 초라한 패배가 아니다. 과잉된 욕망을 내려놓은 이후에야 가능한 성숙한 경지라고 나는 믿는다. 그래서 나는 나를 다독이고 북돋는다. 지금 이 정도의 나로 살아도 괜찮지 않은가. 보통으로 사는 일은 어쩌면 삶의 형태나 삶의 결론 같은 게 아닐지도 모른다. 삶에 대해 아직 묻고 있다는 사실 자체인지도 모른다. ○

쓸쓸함과
외로움의 차이

그대가 내게 물었다. 쓸쓸함과 외로움의 차이를 아느냐고. 나는 생각해 본 적이 없어서 얼른 대답하지 못했다. 물음의 의도를 헤아리느라 머릿속이 가만하게 분주해졌다. 어느 때는 쓸쓸하고 어느 때는 외롭다. 기분 차이다. 외롭기는 마찬가지다. 두 단어의 차이를 묻는 게 아니라 나를 나무라는 말 같았다. 당신은 왜 나를 외롭게 만드느냐고.

양가감정이 느껴지는 때가 있다. 같이 있으면 행복한데 슬몃슬몃 외롭다. 같이 있으면 즐겁다가도 으슬으슬 쓸쓸해진다.

그 사람에게 내가 얽매여 있는 건가, 내가 그 사람을 옭아매고 있는 건가. 대립하는 감정을 골똘히 더듬어보게 된다. 이게 사랑이 맞는 건가? 구속과 애착의 경계가 모호한 것처럼 의지와 의존도 잘 구분되지 않을 때가 있다. 살아가는 일이 염료와 직물처럼 물들이고 물드는 관계가 명료하다면야 누가 삶을 어려워하겠는가.

가끔 혼자 허밍으로 노래할 때가 있다. 혼자 중얼거리며 말할 때가 있다. 혼자 우두커니 앉아 있을 때가 있다. 아련하고 아득하다. 나는 그립고 외로운, 한 존재를 애틋한 눈으로 바라보고 있다. 삶의 진실은 피고 져도 다 알 수 없다. 알아도 또 모르는 게 뒤에 남는다. 산다는 것의 외로움과 쓸쓸함도 배고픔이나 영성처럼 인간사의 오래된 물음이었다. 그러니 구도자도 수행자도 아닌 내게 그걸 분별할 능력이 있을 리 없다.

그대에게 닿는 아득한 광년 속에서
나는 나직이 읊조려볼 뿐이다.
쓸쓸함은 고독의 몸에서 나왔을 것이다.
고독은 그대와 상관없는, 나 자신과의 인연이다.
외로움은 그리움의 몸에서 나왔을 것이다.

나는 자주 기다리게 했을 것이다.
그러니 나의 책임이 작다고 할 수는 없겠다.

외로움은 나에게 말하지 않는 너를 바라보는 일이고,
쓸쓸함은 나에게 말하지 않는 나를 바라보는 일이다.
타자는 섬 같이 외롭고, 실존은 늪 같이 쓸쓸하다.
사람은 살아갈수록 아프다. ☾

지나간 것이
살아와서

지나간 것이 왜 지금을 흔드는가. 문을 여는 쪽은 언제나 나였다. 나는 단단해지고 싶었다. 눈물에 젖지 않는 마음, 꺾이지 않는 무릎, 찔리지 않는 심장. 그러나 그것은 강함이 아니라 폐쇄였다. 살아있음의 부정으로 얻은 안정은 아무것도 지켜내지 못한다.

사람들은 말한다. 지나간 일에 매달리지 말라고, 상처를 반복하지 말라고. 고맙지만, 모르고 하는 소리다. 갇혀있는 내 안의 기억은 미련이 아니라 언제나 의문으로 살아온다. 해결되지 않은 감정은 과거에 머무르지 않고, 현재의 언어를 빌려 다시 돌아온다. 지나간 것이 나를 흔드는 이유는 그때의 내가 아직 끝나지 않았기 때문이다. 나는 여전히 방문을 닫고 숙제를 풀고 있다.

흔히 과거는 약하다고 생각하고, 현재는 단단하다는 믿음이 있다. 그렇지 않다. 지금이라는 시간은 언제나 불완전하고, 기억은 그 불안의 틈으로 파고든다. 과거가 생존력이 질긴 것이 아니라 현재가 그것을 불러낸다. 내가 두려워하는 것은 기억일까, 아니면 기억 앞에서 드러나는 나의 취약함일까. 상처는 나를 무너뜨리기 위해 돌아오는 게 아니다. 아직 이해하지 못한 나를 부축하고 내가 복귀하는 것이다.

흔들린다는 것은 아직 감각이 살아있다는 뜻이다. 굳어버린 마음은 더 이상 흔들리지 않는다. 살아있는 마음만이 흔들린다. 그래서 나는 지나간 것을 몰아내려 하지 않는다. 과거를 이겨내기 위해서가 아니라 과거와 함께 살아가기 위해서. 왜 지나간 것이 지금을 흔들도록 내버려두는가. 그 질문 끝에서 나는 깨닫는다. 고맙고 대견하게도 흔들리며 나아가는 나를 내가 받아들이고 있음을, 과거에 있든 현재에 있든 여전히 나는 나라는 존재의 소속임을. ☾

장소로
기억되는 사람

랜드마크 같은 사람이 있다. 특정 장소가 돼버린 사람. 그 사람은 그곳에 가야만 볼 수 있다든지, 그곳에 가면 그 사람 생각이 절로 난다든지. 장소로 기억되는 사람, 좌표로 새겨진 사람.

약속 같은 사람이 있다. 그 시간이 되면 사무치게 그리워진다든지, 그 계절이 오면 기억난다든지. 내가 먼저 헤어지자고 말했는데 철저하게 내가 버려진 듯한 느낌이 드는 푸른 새벽 같은 때. 그 시간이 되면 불현듯 살아오는 사람, 심연의 기억을 흔들며 알람을 울려대는 사람.

기억할 만한 그곳, 기억할 만한 그 시간을 가지고 산다는 건 축복일까 불행일까. 내가 아는 이 중에 가을이 되면 프라하로 떠나는 사람이 있다. 사랑했던 남자를 기억하기 위해 프라하로 간다고 했다. 또 내가 아는 어떤 이는 연인이 없는 그 나라의 겨울이 싫어 짧은 옷들을 챙겨 여름의 서울로 들어온다. 추억은 끈질기게 달라붙는다.

길을 잃었을 때, 내가 있는 좌표를 말할 수 있어야 구출될 수 있다고 어느 소방관이 알려주었다. 당신에게 흠뻑 빠져 있을 때, 나는 나의 좌표를 알 수 없었다. 이제 나는 지금의 좌표를 말할 수 있게 되었다. 길을 잃을 염려도 없게 되었다. 추억을 피해 다닐 일도 없게 되었다. 그래서 나는 슬퍼졌다. 내가 있는 곳을 몰랐을 때가 차라리 행복했다.

어떤 관계는 내가 있는 곳이 아니라 그가 있는 곳에서 태어나고 죽는다. 다행인지 불행인지 나는 그곳을 알지 못한다. ◖

버티고 있는
사람

요시모토 바나나의 소설 《그녀에 대하여》 앞부분에 이런 구절이 나온다. 이 문장을 본 순간 나는 막막해졌다.

"버티는 인생만 살다 보면, 자신이 뭐가 하고 싶어 이곳에 있는지 점점 알 수 없어진다. 아무튼 살아보자고, 그것만으로도 족하다 생각하며 지금까지 살아왔는데, 때론 이렇게 사는 것은 느린 자살과 별반 다를 게 없다는 느낌이 들곤 한다."

어디론가 훌훌 떠나야겠다고 결심한 사람이 떠남의 근거로 내세우기에 적절한 문장 같았다. 밑줄을 긋고 동그라미를 서너

차례 치다가 연필심이 툭 부러졌다. 마냥 동의할 수 없는 불편한 심사가 돋았던 모양이다. 타인을 위한 헌신과 희생이 어쩔 수 없이 내 삶을 갉아먹듯이 나를 위한 나의 희생도 행복을 갉아먹는다. 행복을 미루는 것만큼 어리석은 일이 없으니까. 물론 지금 버티는 건 나중에 버티지 않기 위해서일 것이다. 오븐의 시간을 인내하는 건 맛있는 빵을 먹기 위해서인 것처럼.

버티는 사람은 목적이 분명하다. 그렇지 않다면 그토록 버틸 이유가 없을 테니까. 그 목적이 무엇이든 간에 버틸 만한 가치가 있다고 믿기에 버틴다. 힘겹게 버티고 있는 사람에게 즐기면서 살지, 왜 바보같이 참고 있느냐고 말하는 것은 삶에 대한 모독이다. 저 문장의 '버티는 인생'은 지나치게 잔혹하고 과장된 표현이다. 인생 전부를 버티는 것이 아니라, 자신의 인생 가운데 '버텨야 할 어느 때'를 버티는 것이다.

삶의 무게에 눌린 사람들은 삶을 투쟁이라고 하고, 힘겹게 버티고 있는 사람들은 삶을 고통이라고 말할 것이다. 물론 그들도 안다. 무언가에 '대항하는' 삶보다 무언가를 '위해서' 사는 삶이 훨씬 더 행복하다는 것을. 그래도 그들은 오늘도 버티고 산다. 자신이 선택하지 않은 삶, 자신이 원하지 않는 삶일지라도 기꺼이. 지금 내가 행복하다면, 그 행복은 얼마간 버텨낸 시절의 고통에 빚지고 있다. 그것이 행복의 관계성이다.

그러므로 버티고 있는 사람을 보거든 어리석다고 비웃지 말자. 가여워하지도 미안해하지도 말자. 불행할 거라고 지레짐작하지도 말자. 손을 가볍게 흔들어 인사하고, 갈 길을 가면 된다. 다만 바라건대 어떤 경우에라도 나의 행복을 뒤로 유예하거나 남에게 구걸하지 말자. 버티는 순간에도 행복한 사람은 끝끝내 승리처럼 자기 자신에 도달한다. ●

마음,
가장 오래된 타인

마음이란 무엇일까? 이 질문은 인간의 역사와 시작을 같이한다. 인간은 태어나서 죽을 때까지 이 질문을 반복한다. 나는 이 질문이 지상에서 사라지는 순간, 인간이 더 이상 인간으로 살기를 포기하는 선언과 같다고 생각한다. 어제는 알 것 같다가도 오늘은 다시 모르게 된다. 어느 때는 차라리 모르는 채로 살아도 괜찮겠다고 체념했다가 또 어떤 때는 불쑥 솟아나와서 잠 못 이루게 한다. 아마도 사람은 마음을 이해하기 위해 태어나서 겨우 그 이해의 실마리를 붙든 채 삶을 마치는 게 아닐까 싶다.

철학은 오래전부터 마음의 정체를 밝혀보려고 했다. 플라톤은 마음을 이성과 기개와 욕망으로 나누었다. 스피노자는 몸과 마음을 따로 분리해서 사고하지 않았다. 마음을 신체의 변화를 느끼고 알아차리는 작용으로 이해했다. 심리학은 마음을 기능으로 설명한다. 프로이트는 마음을 무의식, 전의식, 의식의 층위로 나눈다. 사람이 스스로 이해한다고 믿는 마음이 사실은 빙산의 일각에 불과하다고 말한다. 이유 없이 불안해지고 사소한 말에 과민하게 반응하고 반복적으로 같은 실수를 저지르는 이유는 마음이 아니라 마음 아래에서 작동하는 기억과 욕망 때문이라고 해석한다.

뇌과학은 더 냉정하다. 뇌에는 '마음'이라는 기관이 없다. 대신 감정은 편도체에서 시작되고, 판단은 전전두엽에서 조율되며, 기억은 해마에 저장된다. 뇌과학에 의하면, 마음이라는 것은 수많은 신경 회로가 동시에 활성화되며 만들어내는 하나의 경험적 환상에 불과하다. 하지만 이 환상이 사라지면 인간은 더 이상 인간일 수 없다. 마음이 실체는 아니지만, 삶을 구성하는 핵심 엔진임에 틀림없다. 실체를 증명할 수는 없지만, 어쩔 수 없이 인간은 마음을 통해서만 삶을 경험할 수 있기 때문이다.

이쯤에서 마음이 무엇이냐는 질문은 이렇게 바뀐다. 마음은 어디에서 생겨났을까? 마음은 언제나 관계 속에서 생겨난다. 말과 말 사이에서, 나와 타인 사이에서, 나와 나 자신 사이에서. 그래서 혼자 있을 때조차 우리는 혼자가 아니다. 기억 속의 누군가, 기대 속의 타인, 과거의 나와 미래의 내가 동시에 마음 안에서 말을 섞는다. 마음이 복잡해지는 이유는 그 자리에 너무 많은 존재를 들이기 때문이다. 사람들은 마음을 창고처럼 사용한다. 처리되지 않은 사건, 끝나지 않은 관계, 말하지 못한 감정들을 차곡차곡 쌓아둔다. 뇌는 잊으려 애쓰지만, 마음은 놓지 않는다. 마음은 삭제 기능이 없는 장소다. 그래서 마음을 들여다볼수록 괴롭고, 괴로워질수록 더 들여다보지 않게 된다.

불교에서 말하는 '마음비움'은 공허의 의미가 아니다. 중심을 회복하는 일이다. 스토아 철학자들이 말하는 '평정심' 또한 감정의 부재가 아니라 감정에 휘둘리지 않는 거리 유지를 말한다. 명상에서 말하는 '마음챙김' 역시 생각을 없애는 기술이 아니라, 생각과 나를 구분하는 연습이다. 오래된 가르침들은 서로 다른 언어로 같은 말을 하고 있다. 마음은 채워질수록 흐려지고, 비워질수록 선명해진다.

사람은 자신의 마음을 이해하기 위해 일생을 산다. 이해한다는 게 완전히 알게 된다는 뜻도 아니다. 매번 실패하면서도 다시 묻게 되는 일이라는 뜻에 가깝다. 지금의 마음이 어디서 흘러왔는지, 그 물음이 깊어질수록 조금 덜 방황한다. 마음은 가장 오래된 타인이다. 그와의 동거가 수월하지는 않지만, 가끔은 또 연민하는 마음을 내준다. 같이 산다고 상대를 다 이해할 수도 온전히 사랑할 수도 없다. 받아들이고 인정하고 다독이며 지내는 수밖에. 월세라도 분담하면 좋으련만, 마음은 늘 월세를 내고 나면 온다. 보통내기가 아닌 것은 분명하다. ❯

날개의
내면

그대는 나의 이집트였다. 막스 피카르트가 《인간과 말》에 이렇게 써놓았다.

"새들이 이집트를 향해 날기 시작하면, 그들은 이미 이집트에 있다. 그들은 내면에 이집트를 갖고 있으며, 그렇게 자신의 내면을 향해서 날아간다."

내가 무언가를 쓴다는 것도 마찬가지다. 내가 그대를 향해 쓴다는 것은 내가 이미 그대 안에 살고 있다는 뜻이다. 그렇다면 나는 그대를 묘사하는 것이 아니라, 나를 관통해 드러나는 그대의 흔적을 더듬고 있다는 뜻이다. 쓰기는 발견이 아니라 확인에 가깝다. 새가 하늘을 가르며 날아가지만 실은 자기 안에 품은 목적지를 향해 날듯이, 문장은 언제나 이미 도착해 있는 곳을 향해 움직인다.

내가 탐사한 것들, 내가 오래 바라보고 사랑해온 모든 것들은 결국 나의 내면이 바깥으로 투사된 형상이다. 그대를 생각하는 순간 봄눈이 내리고, 새잎이 터지고, 어스름이 물러나는 이유도 거기에 있다. 세계가 변한 것이 아니라, 나의 내면에서 계절이 바뀐 것이다. 감정은 늘 세계보다 한발 앞서 계절을 바꾼다.

그대는 목적지가 아니라, 내가 오래 품고 살아온 내면의 본적지였다. 나는 그대를 향해 간다고 믿었지만, 실은 나의 가장 깊은 곳으로 돌아가고 있었다. 새가 이집트를 향해 날며 자기 자신을 완성하듯, 나는 그대를 통해 나의 본색을 보았다. 그대는 나의 이집트였다는 말은, 그대가 곧 내가 마침내 도착하고 싶었던 '날개의 내면'이었다는 뜻이다. ❯

생각이 흐릴수록
몸으로 돌아가라

물고기는 흐린 물속에서도 길을 잃지 않는다. 물의 흐름을 읽고, 수압의 떨림을 감지하고, 온도의 차이를 더듬어 자신이 어디쯤 있는지를 안다. 시야가 탁해질수록 오히려 몸은 더 예민해진다. 물고기가 길을 잃지 않는 이유는 앞을 또렷이 보아서가 아니라 온몸으로 물의 지도를 읽어내기 때문이다.

사람은 반대다. 자신의 몸을 믿지 않는다. 생각을 앞세우고 순간순간 판단하고 경험에 따른다. 몸은 늘 뒷전이다. 아파서야 비로소 존재를 인정받고, 고장이 나야 관심을 받는다. 몸은 나의 근거이면서도 가장 무시되는 대상이다. 영혼이 길을 잃었다고 느끼는 순간에도, 몸은 이미 신호를 내보내고 있다. 다만 자신이 자기 몸의 언어를 읽지 못할 뿐이다.

몸은 먼저 알고, 마음은 나중에 이름을 붙인다. 불교에서는 마음을 붙잡을 수 없는 것으로 말한다. 형태도 없고 색도 없고 고정된 주인도 없다. 그래서 부처는 마음을 다루기보다 먼저 몸을 살펴보라고 한다. 호흡을 살피고 자세를 살피고 감정이 일어났다 사라지는 순간을 살피라고 한다. 마음은 시시각각 변하지만, 몸은 그 변화를 가장 먼저 드러내는 표층이기 때문이다.

마음이 불안해지면 호흡이 얕아지고, 마음이 긴장되면 어깨가 굳는다. 불교의 수행은 이 단순한 사실에서 출발한다. 생각을 고치려 하지 말고, 몸에 나타난 징후를 알아차리라고 가르친다. 마음이 숨기려 해도 몸은 늘 정직하게 반응한다. 이는 몸이 마음의 그릇이라는 의미가 아니다. 몸은 마음의 결과이자 원인이며, 정신이 세계와 접촉하는 유일한 현재이기 때문이다. 몸을 떠난 정신은 삶이 아니다. 그것은 생각의 개념일 뿐, 살아 있는 존재가 아니다.

우리가 '의식' 혹은 '마음'이라고 부르는 것의 상당 부분은 뇌가 몸의 상태를 해석한 결과다. 이는 신경과학의 주장이다. 심장이 빨리 뛰면 불안이라는 이름이 붙고, 위장이 경련을 일으키면 걱정이라는 이름이 붙는다. 뇌는 해설자처럼 이미 일어난 신체의 변화를 보고 이야기를 만들어낸다. 그래서 감정은 생각보다 빠르고, 몸은 판단보다 앞서 반응하게 된다. 몸이 흔들리면 영혼도 흔들린다. 우리는 영혼의 목소리를 찾느라 여행을 떠나고 하늘에 기도하지만, 사실 그 목소리는 위장에서, 무릎 관절에서, 들숨과 날숨 사이에서 울려나온다.

몸은 목적이 아니라 하나의 지도다. 몸을 잃는 순간 삶은 방향을 잃는다. 몸과 마음은 하나의 삶이 서로를 부르는 두 개의 이름이다. 뇌 안에는 '나'를 담당하는 하나의 중심이 없다. 수많은 회로와 신호가 순간순간 임시로 나를 구성할 뿐이다. 몸을 돌본다는 것은 고정되지 않는 몸의 흐름을 읽는 것이다. 아픔을 없애려 애쓰기보다 아픔이 생기고 소멸하는 방식을 살피고, 감정을 제거하려 하기보다 감정이 흐르는 몸의 길을 보아야 한다. 그러면 고통이 줄어들지는 않더라도 적어도 고통에 갇히지는 않게 된다.

물고기는 흐린 물속에서도 눈을 뜬다. 보이지 않을 때 더욱 정신의 몸을 연다는 뜻이다. 삶이 탁해지고, 생각이 소란스러울수록 더 자주 몸으로 돌아가야 한다. 몸을 느낀다는 것은 감각에 매달리는 일이 아니다. 영혼이 길을 잃지 않도록 지금의 삶에 닻을 내리는 일이다. 몸은 내가 아니지만, 내가 이 세계에 존재할 수 있는 유일한 방식이다. 영혼은 몸을 통해서만 이 삶을 건널 수 있다.)

혼자를
사랑해야 할 시간

휴일은 소규모 밴드의 첫 앨범처럼 온다. 가벼운 흥분과 초조한 낯섦이 뒤섞인 채로. 나는 이런 정도의 어색함과 설렘이 좋다. 휴일의 끄트머리에는 알 수 없는 불안 한자락이 매달려 있지만, 이마저도 짙은 커피를 마신 뒤끝처럼 감미롭다. 헝클어진 머리와 헐렁한 옷차림과 게으른 나른함을 휴일은 채근하지 않는다.

혼자는 무용하고 무심하고 무료할 때 가장 깊이 가라앉는 숨을 쉰다. 휴일은 혼자인 나와 하루를 보낸다. 말을 걸고, 삐치고, 장난치다 아무 일도 하지 않은 채 저녁을 맞는다. 나는 나와 같이 지내는 법을 연습 중이다. 혼자 밥 먹고, 혼자 책 보고, 혼자 동네를 걷고, 혼자 머무는 연습. 나는 너무 오랫동안 당신 혹은 여럿이 속에서만 존재를 느끼며, 쓸모에 길들어졌다. 이제는 혼자 있을 때 가장 평온한 내가 느껴져야 한다.

그렇다고 혼자를 오래 붙들고 있지는 말자. 혼자라는 애착으로 친구를 외롭게 만들지는 말자. 까맣게 잊고 있다 소스라치게 발견한 약속처럼 마음도 화들짝 깨닫는다. 혼자가 외로움을 낳은 친모라는 사실을. 한 친구가 문자를 보내왔다. 집 안이 너무 적막해 고양이를 들였다고. 나는 잘했다고 답장을 쓴다. 혼자의 시간을 무난하게 건너려면, 무언가를 기르고 가꾸고 보살피는 자격 정도는 소지하고 있어야 한다.

혼자와 잘 지내는 사람은 더 많이 사람을 그리워하고, 식물 화분에 물을 주고, 생각난 고마움을 적어두고, 온기 있는 생명을 조심히 안는다. 혼자는 도피도 아니고 고립도 아니다. 사람에게로 더 다정하게 돌아가기 위해 나를 예열하는 도중이다. 자주, 혼자 있는 나를 만나러 가자. ○

나는 과연
옳은가

친구와 저녁을 먹고 헤어져 집으로 돌아왔다. 집에 도착해 신발을 벗는데 이상하게 마음이 무거웠다. 친구와 특별히 말다툼이 있었던 건 아니었다. 그렇다고 대화가 물 흐르듯 하지는 않았다. 서로의 입장은 분명했고, 내 말에도 틀린 부분은 없어 보였다. 서로 흥분하지도 않았고, 서로 존중하며 말했다. 그런데도 마음이 흔쾌하지 않았다. 옳지 않은 말은 없었지만, 사이가 조금 멀어진 듯한 기분이 들었다.

나는 '내가 옳다는 믿음'을 조심하며 사용한다. 그 믿음은 대개 너무 빠르고 너무 단단하기 때문이다. 그 믿음에는 그럴만한 이유도 있으며, 과거의 경험도 그 믿음을 지지해준다. 그래서 의심하지 않아도 될 것처럼 여겨진다. 확증편향이라는 증상은 그렇게 시작된다. 이 병의 증세가 조기에 발견되지 않는 이유가 있다. 이것은 틀린 생각을 고집하는 문제가 아니라, 이미 충분히 생각했다고 믿는 확신에서 발생하기 때문이다. 상대의 말을 더 들어볼 필요가 없다고 판단하는 순간, 내가 보고 싶은 대로 해석하기 시작한다. 말을 듣기보다 뜻을 단정한다. 이 집요하게 뒤틀린 확증편향 병은 서서히 관계를 말라 죽게 만든다.

"그럴 줄 알았어."
이 말은 괴상하다. 사실을 확인했다는 말처럼 들리지만, 실은 질문을 포기한다는 선언에 가깝다. 그 이후의 대화는 새로운 것을 알아가기 위한 시간이 아니라, 이미 정해 둔 결론을 정당화하는 과정에 불과하다. 확증편향에 빠졌을 때 대화가 막히는 이유는 상대가 틀려서가 아니다. 내가 더 이상 틀릴 가능성을 용납하지 않기 때문이다.

나는 나에게 묻는다. 내가 정말 옳아서 이렇게 단단해진 것일까, 아니면 틀릴까 봐 너무 빨리 닫아 버린 것일까. 확증편향에서 벗어난다는 것은 내 생각을 버리는 일이 아니다. 오히려 생각을 잠시 미완성 상태로 유예할 줄 아는 용기에 가깝다. '아직 모른다'는 상태를 견디는 일, 그 불확실함을 서둘러 메우지 않으려는 의지나 신중함이 한 사람의 인격에 반영된다.

우리는 질문을 자주 오해한다. 질문은 답을 얻기 위한 도구라고 믿는다. 하지만 관계에서의 질문은 확신을 늦추기 위한 장치인 경우가 많다.
"내가 놓치고 있는 게 있을까?"
"이 해석 말고 다른 가능성은 없을까?"
이 질문들은 상대를 시험하지 않는다. 오히려 내 판단을 잠시 바닥에 내려놓게 한다. 그 자리에 대화가 들어온다. 더 이상 상대를 하나의 결론으로 보지 않는다. 사람은 과정이라는 사실을 확인하는 순간, 관계는 다시 생기를 회복한다.

내가 과연 옳은가?
이 질문은 자신감을 무너뜨리는 질문이 아니다. 이 질문을 던질 수 있는 사람은, 자신의 생각보다 관계를 지키고 싶어 하는 사람이다. 모든 상황에서 확신을 내려놓을 필요는 없다. 그러

나 어떤 관계에서는, 옳음보다 여지가 더 중요할 때가 분명히
있다. 누군가와 대화가 막힌다고 느껴질 때, 나는 상대의 말을
분석하기보다 주의사항이 적힌 처방전을 곱씹으며 읽어본다.
하루 세 번 식후 복용할 것.

"나는 모른다."

"나는 틀릴 수 있다."

"나는 다 이해하지 못한다." ☾

나는 물 같은 여자를
사랑했네

유리컵에 물을 따르다 말고 잠시 멈췄어. 4월의 햇살이 창을 투과해 들어와 산란하고 있었지. 컵 안의 물은 분명 가득 차 있었는데, 마치 아무것도 없는 빈 컵처럼 보였어. 빛이 물을 통과해 테이블 위에 떨어지고, 컵의 윤곽만 또렷했어. 그때 문득 그 사람 생각이 났어. 분명히 존재하는데, 늘 '없는 것'처럼 느껴지곤 했던 사람. 나는 물 같은 사람을 사랑했지.

물은 투명해. 이 말은 정확하지가 않아. 물은 사실 아주 옅은 파란빛을 띠거든. 다만 그 빛이 너무 얇고 미묘해서, 그것을 색이라고 부르지 못할 뿐이지. 그래서 물은 마치 아무 색도 없는 것처럼 보여. 물은 색이 없어서 투명한 게 아니야. 자신의 색을 드러내지 않기 때문에 투명해 보이는 거지.

그 사람이 그랬어. 자기 색을 앞세우기보다 상대의 말과 감정을 조용히 받아들였지. 물은 깊어질수록 다르게 보여. 표면에서는 아무것도 없는 듯 맑다가, 어느 깊이에 이르면 비로소 본색을 드러내거든. 마치 오래 말하지 않던 감정이, 시간이 지나 서서히 모습을 드러내는 것처럼 말이야.

물은 자신의 빛을 거부하지 않아. 다만 서두르지 않지. 필요할 때, 깊은 곳에서 조금씩 드러낼 뿐이야. 그 조심스러움이 물의 성질이고, 물의 온도지. 바람 없는 호수 위를 들여다보면 알 수 있어. 물은 자신을 주장하지 않으면서도, 세상을 또렷하게 비추니까. 자신이 한걸음 물러날수록, 세계가 더 선명해진다는 사실을 아는 것처럼.

물이 투명한 이유는 세상의 색을 더 잘 담아내기 위해서야. 빛과 바람과 풍경과 노을이 잠시 머물 수 있도록 배경이 되지. 투명함을 약함으로 오해하지만, 물은 무엇보다 강해. 형태를 고집하지 않으면서도 모든 형태를 받아들이고, 조용히 흐르며 결국 길을 만들지.

나는 물의 빛깔을 다른 이름으로 부르고 싶어. 파랑도 아니고, 투명도 아닌 어느 하나로 규정할 수 없는 색. 그걸 '물색'이라고 부르고 싶어. 물색은 하나의 색이 아니야. 빛을 가려내지 않고, 어느 한쪽만을 선택하지도 않아. 그래서 물색은 다 담는 색이야. 상반된 감정도, 밝음과 어둠 사이에서 망설이는 마음도 모두 같이 품는 색. 어느 것도 배제하지 않기에, 어느 하나로도 고정되지 않지. 그 사람은 물색이었어.

내게도 물색이 옮겨 왔지. 물색을 띠는 사람은 가장 넓은 중심을 가진 사람이야. 상대의 감정이 먼저 비칠 수 있도록 한 발 뒤에 서는 사람이니까. 그래서 물색 같은 사람은 오래 가지. 서로를 정의하지 않고, 서로를 고정하지 않으니까. 그 물색 안에서는 사람이 사람으로 남을 수 있어.

나는 사랑했어. 유리 같고 바람의 무늬 같고 물 같은 여자를. 그 여자가 말할 때 라일락이 말하는 것 같았지. 그 여자가 걸으면 일렁이는 봄 냄새가 퍼졌어. 아주 낮고 아주 작은 물소리로

사랑하는 법을 나는 배웠지. 지금은 어느 계절을 흐르고 있을까, 내가 사랑했던 물색의 사람은. ☾

놓으며 (2026)

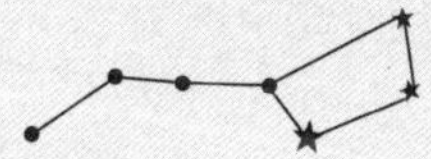

내가 쓴 문장들은 그대로인데, 달라져 있는 마음이 있다. 그때의 나는 고마운 이름들을 하나씩 떠올리며 영원히 지우지 않을 것처럼 감사의 말을 적어두었다. 이제 다시 떠올려보니 그 이름들이 내 안에서 슬며시 바뀌어 있다.

누군가는 멀어졌고, 누군가는 희미해졌다. 또 다른 누군가는 그 시절의 나를 지탱하던 역할을 다하고 말없이 물러나 있다. 이것은 변심도 단절도 아닐 것이다. 다만 나와 그들의 삶이 어딘가로 이동했을 뿐이다.

내가 옮겨온 주소지에 새로 사귄 사람들이 있다. 지금의 식탁에 함께 앉아 있는 얼굴들, 지금의 하루를 건너게 해주는 손길들. 나는 문득 깨닫는다. 관계는 보존되는 것이 아니라 이동하는 질량이라는 사실을. 중력은 과거에 머무르지 않고 항상 현재의 삶이 있는 쪽으로 기운다.

나는 미안한 마음을 갖지 않기로 했다. 예전의 고마움은 그것대로 간직하고, 지금은 여기의 소중함을 키워가야 한다. 한때의 중심이 영원할 수 없듯이, 관계 또한 생의 속도와 궤도를 따라 자연스럽게 재배열되는 게 우주의 섭리 아닐까.

인간의 삶이란 잊지 않는 일이 아니라 그때그때의 생을 함께 살아주는 사람에게 마음을 다하는 일이다. 감정은 사라지는 것이 아니라 형태를 바꿔 남는다. 과거는 나를 만들었고, 현재는 나를 살아있게 한다.

오늘의 나를 떠받치고, 내 생의 중심에 있는 사람들에게 다정하고 깊은 감사를 건넨다. 시간이 한참 흐른 뒤에 내가 다시 이 문장을 읽게 된다면 또 다른 이름들이 놓이겠지만, 그 또한 잘못이 아닐 것이다. 관계는 변하고, 중심은 이동하고, 그 변화

를 받아들이는 일이 내가 살아있다는 가장 정직한 증거일 것
이므로.

이제 〈관계의 물리학〉을 놓는다. 나의 문장들이 당신에게 가닿
아서 고단한 삶의 안쪽을 쓰다듬을 수 있다면 더없이 기쁘겠
다. 고양이 마고가 봄바다처럼 일렁이며 자고 있다. 햇볕 다발
에서 떨어진 흰 비늘이 고양이의 잠 위로 나풀거리며 내려앉
는다. 마고는 지금 나비 꿈을 꾸겠다.

관계의 물리학

초판　1쇄 발행　　2018년 5월 1일
개정판 1쇄 발행　　2026년 3월 3일

지은이　　　　　림태주
펴낸곳　　　　　(주)행성비

책임편집　　　　이윤희
디자인　　　　　이유나
마케팅　　　　　배새나

출판등록번호　　제2010-000208호
주소　　　　　　경기도 김포시 김포한강10로 133번길 107, 710호
대표전화　　　　031-8071-5913
팩스　　　　　　0505-115-5917
이메일　　　　　hangseongb@naver.com
홈페이지　　　　www.planetb.co.kr

ISBN 979-11-6471-310-3 03810

행성B는 독자 여러분의 참신한 기획 아이디어와 독창적인 원고를 기다리고 있습니다.
hangseongb@naver.com으로 보내 주시면 소중하게 검토하겠습니다.